白蛇伝 はくじゃでん

上大田憲男

Norio Ueota

文芸社

目次

はじめに　「白蛇伝」を発刊するにあたって……11
第一部　苦闘編　白蛇に導かれて……13
第1章　小学生までの軌跡……15
第2章　中学時代……19
1、テニス部活動……19
2、生徒会活動……20
3、淡い思い出……21
4、高校受験……22
第3章　高校時代……24
1、下宿……24
2、学業……25
3、通学路での女子高生……26
第4章　予備校時代……28
1、原罪……28

2、年上の女性……29
3、電車通学……30
4、大学受験……32
第5章　大学時代……33
1、プール……33
2、エレキバンド結成に誘われる……34
3、アルバイト……35
4、学業……37
5、大学紛争……38
6、キリスト教と自治寮……39
7、ボランティア……41
8、初体験……41
9、教職実習と留年……43
10、東海大学総長・松前重義氏（柔道の山下泰裕氏を育てた人）との出会い……44
11、熊本での家族……46

12、母のガン手術と熊本旅行……47
第6章　社会人……49
1、新社会人としてスタート……49
2、実務管理者・Y氏との出会い……51
3、果たして人生のつまずきか?……53
4、結婚を告げた女性との出会いと別れ……55
5、日本舞踊の内田るり子師との出会い……61
6、マネージャーと内弟子……62
7、心の病の発症……64
第7章　最盛から再生へ……74
1、幻聴・幻覚の世界……74
2、精神・神経科横山病院入院……76
3、退院その後……78
第8章　社会復帰……101
1、体力勝負……101

2、母との別れ……103
3、再生への起爆剤……111
4、成長期の会社にあって……120
5、松下幸之助翁＝ＰＨＰとのご縁……122
6、独立起業……124
第9章　統合失調症再発……126
1、幻聴・幻覚の再現……126
2、入院生活……128
3、会社清算と借金……130
第10章　幾度かの転職を経て……132
1、心身能力……132
2、借金返済……134
3、全国行脚……136
4、運命の女性……138
5、エキストラ……142

第11章　帰郷……145
1、叔母夫婦……145
2、ストレス・ゼロ……147
3、鹿児島に根付く……149
第12章　志、固し……152
1、西郷さんとは……152
2、西郷さんと松下幸之助翁……154
3、日常活動を通じて……156
4、資金源としての職に生きる……158
5、日本のあり方……160
6、世界への貢献……162
7、人間モルモットとして……164
8、南無般若大菩薩と天命……166

第二部　幸福編　白蛇伝……169
第1章　運命の女性……171
1、幻覚の女性……171
2、女性出現……171
3、恩人であり運命となる……174
4、未来に生きる……175
第2章　「白蛇伝」への流れ……176
1、なぜ白蛇か?……176
2、なぜ西郷さんか……177
第3章　生活の知恵――あなたはどう生きますか?……179
1、二〇〇七年一月～二〇〇八年二月　短歌シリーズ（友の会便りより）!……179
2、二〇〇八年三月～二〇〇八年十二月　霊界体験へ至る!……184
3、二〇〇九年一月～二〇〇九年三月　「素直な心」への道……190
4、二〇〇九年四月～二〇〇九年七月　私見―私の生きざま……192
5、二〇〇九年八月～二〇一〇年四月　社会の一員として……197

6、二〇一〇年五月～二〇一〇年十一月　自分との勝負……206
7、二〇一〇年十二月～二〇一一年五月　志……215
8、二〇一一年六月～二〇一一年十二月　鹿児島から発信……223
9、二〇一二年一月～二〇一二年十二月　高齢者の仲間入り……234
10、二〇一三年一月～二〇一四年六月　とらわれぬ心……244
11、二〇一四年七月～二〇一五年十月　入院・リハビリ……251
12、二〇一五年十一月～二〇一六年十二月　再び試練の雨（上）……256
13、二〇一七年一月～二〇一八年五月　再び試練の雨（下）……263
第4章　「幸福編」エンディングノート……272
あとがき……274

はじめに　「白蛇伝」を発刊するにあたって

二〇一七年（平成二十九年）十二月、皇室会議が開かれ平成時代の天皇明仁陛下のご退位日が二〇一九年四月三十日と決まった。五月一日から新天皇、新元号が始まる。私がなぜこういう書き出しをしたかと言うと理由がある。昭和二十二年（一九四七年）四月三十日が私の誕生日だから。その年は干支六回目の満七十二才。それだけではない。私はそれまでの神奈川県大和市を離れて平成十四年九月に帰郷。その十二月知覧にある勤務先で思うところあり陛下にお手紙を書いた。勿論返事は期待してなかったが一ヶ月後、侍従長から丁寧に「陛下はご返事をさし上げられないので私が御礼申し上げます」と返書をいただいていた。過去このような感動をもらったのは松下幸之助氏以来であった。それを不可思議なご縁と感じていたのである。私が考え決めたのではなく周りが寄ってたかって決めて下さったのがこの度のご退位であった。

　この本を出す動機は私の体験に根ざすところが大きく、人生七十年の前半を苦闘編、後半（六十才〜）を幸福編として皆さんに訴えたいと思い至ったのである。前半は既刊（二〇〇六年二月一日発行の『白蛇に導かれて』）を載せ、後半は私が幸せを得られた六十才からを新しく書くことにした。どのように幸せが得られたのかこの本に表すことにしたが、過去七十年の結実を確信したからである。そして今日ペンをとっている日は二〇一八年四月八日（日）、私が十一年前の四月八日（日）に運命の女性にプロポーズした正にその日その時間である。お釈迦様の誕生日（花祭り）と重なった記念の日である。そうなのです。私の再出発はこの女性に巡り合えたことによる奇跡なのです。この人がいなくては今の私は存在してない。今は私の胸の内にしっかりと収まっていて、無限の情熱と勇気の源泉となっているのです。

第一部　苦闘編

白蛇に導かれて

第1章　小学生までの軌跡

昭和二十二年、薩摩川内市《さつませんだい》に生まれる。父は鹿児島県警、交番勤務であった。翌年、父の転勤で加世田市《かせだ》に移り、そこで弟が誕生。ところが昭和二十四年、父が二十九才で急逝。父は加世田署の刑事であったが、非番の日に知人と家族連れで海水浴に行き、酒を飲んで泳いでいたところ心臓麻痺であっけなく他界。

そのとき、母は満二十四才になったばかりで、父の実家にしばらく入ったが、いろいろないきさつがあり、父が長男だったこともあり、私が跡継ぎとして父の実家に残され、母と弟は母の実家へ身を寄せる。まもなく父の実家近くで火事があり、母が心配して、やはり私を手元に置きたいということであったが、結局裁判沙汰となり、知覧《ちらん》家庭裁判所の判決により、私は母の手に引き取られたのである。

母の実家では、母と私たち兄弟は父方の姓「上大田《うえおおた》」のままで、母方の姓「諏訪薗《すわぞの》」と二つの姓の同居となった。

このため、父と母の実家も自然と和解し、私と弟は学校が休みとなると、父の実家にも足繁く通ったものである。昭和二十九年に小学校に入学したが、成績も良く品行もまじめであったので、卒業するまでの年月は無事に過ぎ去っていった。（金峰町立阿多小学校）

小学校の思い出で、特に大きく心に残っていることがある。一つは四年生の学芸会で、「親指姫」の相手役として、王子役を演じたこと。なぜ覚えているかというと、相手役の女の子が当時めっぽう可愛く、初めて異性というものを意識する経験となったからだ。楽しく、うれしかった思い出だ。それが初恋だった。

もう一つは、当時は娯楽らしいものも少ない頃で、学校をあげて、加世田の映画館に行くことが流行った。その上映映画の中で、日本初の本格長編カラーアニメ「白蛇伝」の印象が強く、ヒロインが白蛇となり、天に昇っていくシーンがずっと頭に残っていた。

それからしばらくして、集中的に夢を見るようになり、夢の中で、私は道を歩いていた。ところがいつのまにか、田んぼの畦道《あぜみち》を歩いており、そこへ前から蛇の大群が現れた。蛇の嫌いな私は、背中を向けて逃げようとしたが、逃げ道のある前後左右の道、また周りの田んぼの中は、蛇がウヨウヨ。思わず絶叫！　そこで目が覚めるということが続いた。そんな夢が一週間も続いたであろうか。

その頃からもう一つの夢として、狭い部屋の中にいる自分が夢の中にいて、そのうち天井がカラーの渦を巻いた状態で、密室にいる私の頭上に降りてきて、圧殺されそうになるという怖い夢も見た。それも一週間続いた。

そして最後に私が経験したのは、カラーの夢の世界で、一匹の白蛇が悠々と天に向かって昇っていく姿を頭に植えつけられるというものであった。

この一連の夢と現実が、自分の未来を誰かに見せられる経験の予兆として、現在も印象に残っている。その頃、私の人生の原点が生まれたとしか思えないのだ。

そうそう、もう一つの大切なことは、祖父が西郷隆盛の崇拝者であり、小さい頃、くどくどと私に説明してくれたことも影響している。

ちなみに、小学校入学までの記憶はほとんどない。何をして、何が好きで、どんな遊びをしていたかなども思い出せないのだ。まるで生きていなかったのではないか、と思えるほどである。

第2章　中学時代

1、テニス部活動

　昭和三十四年四月、当時の皇太子殿下と美智子様がご結婚された。軽井沢で楽しまれていたテニスがご縁とのことで、子供心にもインパクトがあったようで、翌年、中学入学と同時に、私を含めた軟式テニス部への入会者は多数にのぼった。テニスコートは一面しかなかったので、長い時間球拾《たま》いをさせられたことを覚えている。（金峰町立阿多中学校）

　しかしご成婚ブームが去るにつれ、テニス部からの退会者も続き、三年生になった時には、同学年の部員は何と四名だけになっていた。二年生とペアを組むなどして、郡大会上位になった記憶がある。

放課後はテニスをしながら、全生徒が家庭から持ち寄ったジャガイモをふかしてもらい、塩をかけてみんなで食べていた。あの頃が懐かしい。テニス三昧の三年間だった。

2、生徒会活動

これまでの人生を通じて、私自身はでしゃばりではなかったが、結果としていつも何か仕事を任されてきたような気がしている。学級委員にしても、自分から手を挙げたわけではない。生徒会長も自分が立候補したわけではなかった。嫌々ということでもなかったが、自分の処遇を周りに任せるようなところがあった。

もちろん責任感はすごく強かったので、周りからはある程度の評価は受けたが、正直自分が何をしてきたか、本当にみんなの役に立ったかどうかを考えると恥ずかしい。責任感のあまり、何か発言しようとはしたものの、緊張のあまり、自分で何を言おうとしているのかわからなくなってしまった時もある。それに気づいている人もいたし、そんなことには無頓着な人もいただろう。

実社会に出て長年経ってから、その頃の仲間に「上大田君は、みんなが遊んでいるのを遠くからニコニコと見守っているようなところがあった」と言われたことがある。結局、自分が何をやりたいかというより、みんながやりたいこと、楽しんでいることを見守って実現させてやりたい、という思いが強かったようだ。言い方を変えれば、「本当の自分がなかった。目標・夢がなかった」とも言えるかもしれない。人生五十六年目にして、初めて自分という存在に目覚めたと言えるのかもしれない。

3、淡い思い出

初恋の想いは続いていた。彼女は別のクラスになったこともあったが、三年生では同クラスだった。もちろん三年間、告白できなかった。噂話で彼女には好きな人がいるらしいことは聞いていたこともあるが、一番の問題は、やはり自分に自信がなかったことだろう。自分を主張することが下手で、女性との友情を築くことも不得手だった。

私に弟がいることは記したが、次男坊は何事に対しても臆さず、元気でたくましかった。兄（私）に続いてテニスを選び、格好良かった弟の周りには、女の子も自然と集まってきて、人気者だったと思う。兄としてはうらやましかったし、頼もしい気もしていた。

女性との関係でいうと、小・中学を通して、接点ができるくらいのことは何回かあったが、特別な関係になる相手はいなかった。

4、高校受験

私の実家は農家だ。祖父が馬喰《ばくろう》で現金は稼ぐが、その稼ぎは次の仔牛、仔馬の仕入れに回してしまう。そこで、米やサツマイモの季節の収入が頼りだった。

私の母も、家族も、私たち兄弟に対し、農業の手伝いをどんどんしろと言ったことはなかった。繁忙期にはよく手伝ったが、それ以外の時期には自由であった。今思うと「農家のちょっとした坊っちゃん」的なところがあったようだ。

　学業の方はと言えば、成績はいい方であったので、周りは自然と進学コースに進むだろうと思っていたようだが、最終的には家が貧乏なのと、中学三年の正月休み明けに祖父が亡くなったこともあって、早く職に就こうとの思いで高校は技術系を選んだ。

　その頃のユニークな思い出がある。その年ちょうど、鹿児島高専が一期生を募集し、私も受験したが、ある女の子と合格するかどうかで「あんみつ」を賭けることになった。私はもちろん自分が合格する方に賭けた。結果は受験にも賭けにも失敗。その結果を受けて「あんみつ」をおごるという約束は四年後にやっと果たせた。遅れた理由は、そういう機会に巡り合わなかったということもあったが、実のところ「あんみつ」というのがどんなものか知らなかったからである。郷里が田舎ということもあり、当時、私は「納豆」を「腐った甘納豆」と思っていたぐらいなのだから。

　そして鹿児島工業高校電気科に合格した（ソフトバンクホークスの川崎宗則選手が後輩に当たる）。

第3章　高校時代

1、下宿

高校入学後すぐ、私は叔父（父の弟）が世話になったこともある「おタカおばさん」の家に下宿。同じ下宿人として、県庁勤めの兄貴的存在の人が一緒の時もあったが、二年間はほとんど一人だった。

おばさんは厳しかった。食事、門限、私生活。食事は好き嫌いがないようにと言われ、もし少しでも食べ物を残せば、次は抜き。この三年間のおかげで、食べられないものはないほどになった。門限はと言えば、通学が約一時間かかったので、クラブ活動はやらず、学校と下宿の往復。おばさんの好きなテレビ番組の前に夕食。それが午後七時。恒例は大相撲と「隠密剣士」。おばさんと九時までテレビの前に座っていたのは、中学生まではテレビのない家で育ったからかもしれない。おかげで大相撲好きにもなって元大鵬親方ともご縁を得られた。

おタカおばさんはビヤ樽みたいな体格で、下宿代についても大まかで、少しの現金と、自宅でとれる米を余分に入れさせてもらうだけで済ませてくださった。私にとってありがたいことだった。

2、学業

入学後初の中間テストは学年で一位だったと聞いた（当時教師をしていた友人の叔父さんから）。約二年間は電気理論、実習に一生懸命だった。そのうち私の心に変化が芽生えた。進学校へ行った友人たちの動向を聞くにつけ、思いがけず大学に進学したいという気持ちが起きてきたのだ。家族の反対を押し切ってまで進学した道を変更するのはつらかったが、あきらめ切れなかった。

三年になると進学補習コースに入り、余分な出費を抑えようとして修学旅行にも行かず、朝早く起きて通学前に受験勉強に励んだ。だが高三で英語の時間が合計で週三時間というカリキュラムをベースにしているので、はかばかしくなかった。いきおい、専門の電気の勉強はやらなくなるので、総合成績は落ちるばかり。受験は熊本と鹿児島の国立大学に絞り込んだが、結局不合格であった。

3、通学路での女子高生

私の通学路は坂道を下り、南洲《なんしゅう》神社を通って冷水《ひやみず》峠越えの約一時間の徒歩コース。この道を、雨の日などよほどの悪天候でない限り歩いた。途中に西郷さんを祀る神社があったのは心をほっとさせてくれたが、そのことは今日の私の心の趣に何かしら影響を与えているかもしれない。

当時ほのかに心を揺さぶられたことがあった。通学路には路線バスが走っていて、雨の日にはそれに乗るのであるが、バスの中は鹿児島女子高の生徒ばかり。男性はほとんど乗っていないので、乗車口の鉄柱にいつもつかまっていた。

その中にいたのが俳優の高田美和に似た可愛らしい女子高生。私は小さい頃から時代劇が好きで、よく映画を見ていたので、高田美和にはあこがれがあった。あまり印象深いこともなかった私の高校生活は、彼女によって救われた。三年間のうち、会えた！（というより顔を見た程度だったが）のは何度だっただろう。彼女の顔を見られるだけでも幸せだった。にきび面、華やかなりし頃の一頁である。

第4章　予備校時代

1、原罪

やむなく！　というより、当たり前の如くに浪人生活と相なったが、家族にあまり負担はかけられないので悩んだ末、予備校へ電車通学をすることにした。幸運だったのは入学時に実力試験があり、特待生に選ばれ、授業料が免除されたことである。予備校は西郷さんの生誕地の近くで、よく学校の近隣を散歩したものである。

この年、同じ予備校に通う友人もできたが、そのうちの一人が「僕は罪深い人間だ。君はそんな悩みなんてないんだろう」と言う。何を言われているのかわからなかったので正直に問うと「原罪だ」と言う。そうやって私はキリスト教の原点にぶつかったわけだが、その当時は意味不明で、聞いてもよくわからなかった。しかしそのキリスト教の場が、大学入学と同時に一時的に生活の場になろうとは、その時の私は思ってもみなかった。

2、年上の女性

予備校に入ってまもなく、公園で友人とダべっている私たちに、カメラを向けた婦人がいた。お嬢さんと一緒だったが、親子ともモデルみたいな感じに見えた。私に写真を送りたいから、住所を教えてほしいと言う。「どういうことですか?」と聞くと、「あまりに楽しそうで、生き生きしていたから」という答え。後日、約束通り来信。手紙の内容に沿って、まもなくお礼を兼ねてそのご婦人のお宅を訪問した。

娘さんは私より二才上、デパートに勤めておられるとのこと、母上より、娘と交際してもらえないかとの話をいただき、おとなしい彼女の気持ちを確認して、交際スタート。しかし彼女はおとなしすぎ、また私は女性とのデートなどといっても、どうしてよいかわからぬ朴念仁。ほとんど彼女をリードすることすらできず、時間だけが過ぎていった。

交際期間の一年間のことがはっきりとは思い出せない。明白なのは大学に合格して、熊本に落ち着いてまもなく、彼女の誕生干支である鶏の置物が送られてきて、母上より娘が見合いをすることになりましたと聞いたことだった。当時の私の頭には「結婚」の二文字はまだ全くなく、彼女のことは重荷と感じていたような気がする。

3、電車通学

予備校へ通うには、今は廃線となっているディーゼル車を利用した。鹿児島の薩摩半島は三方を海に囲まれ、鉄道がグルリと囲むように走っていた。日本三大砂丘の一つで、東シナ海に沿った、白砂青松《はくさせいしょう》の吹上《ふきあげ》浜沿いの鉄道が通学路であった。高校二年の時に一ヶ月だけその路線で通学したことがあった。母が入院したのだ。

肺に水が溜まり、最終的に手術はせずに注射だけで治ったが、その間、病院へ見舞いに行き、実家に帰って高校一年だった弟の弁当作りをするということが一ヶ月続いた。その間は実家から自分の高校へ通ったので、この路線を使ったのだが、その同じ路線でまた通学するとは思ってもみなかったわけである。その通学途中での思い出。

友人を通じて知り合ったある女子短大生から、ゼミの宿題の翻訳を頼まれたことがある。私は真面目に英文の日本語訳に取り掛かったが、どうもおかしい。セックス用語が多すぎるのだ。悪戦苦闘してどうにか仕上げ、彼女に渡した。彼女は気にも留めぬ様子で読んでいたが、私が、教授がこんな英文を宿題にしたのか？　と聞いたら、「『チャタレイ夫人の恋人』は文芸作品だから、よく取り上げられているみたいよ」とのこと。

私は冷や汗をかいた。その世界に未経験な私は、おぼろげながら理解しつつも、宿題の英文をまともに訳していたのだから。

4、大学受験

いよいよ二度目の挑戦。私は浪人して進路を変えようと思っていた。高校で学んだ電気はあきらめて、文系に進むことに決めたのだ。技術者には向かないと思った。電気理論はわかるが、目に見える世界でないことが、私には合わないと思ったのだ。

熊本大学合格。発表の前日、母が知人から耳にして、「今日、合格発表があったらしいけど、あなたのことを言わなかった。また駄目だったの？」と聞いてきた。

私はおかしいと思いながらもショックで、当日は朝早くから家を出て、夜遅く帰ってきた。ところが、帰ったらビックリ、赤飯が用意してあるではないか。その日のラジオ放送で合格発表があり、名前を呼ばれたとのこと。大変な二日間だった。

第5章　大学時代

1、プール

水が怖い。というより、泳げないのです。父が水の事故で亡くなったので、幼い頃の母の口ぐせは「泳ぎに行かないで」。結構、何事にも素直だった私は、釣りや遊びには行くが、母の言うことを生真面目に守り、泳ぎには行かなかった。その結果は無惨だった。

中三の二学期に、プール開きがあり、やっとの思いで飛び込んだ。高校ではプールがなかったので喜んだところ、磯の海水浴場まで遠征しての授業があった。海水だったので浮力がつき、何とか切り抜けた。問題は大学、教養課程は水泳が必須だったのだ。単位を取る試験で、何とか十五ｍを泳ぎ切らねばならない。体が覚えていないので、理屈・理論でいかねばと、「顔を水面につけた時に息を吐いて、顔を上げた時に息を吸う」と必死で頭に覚え込ませ、足は水をたたいた。しかし、そんな間に合わせが通じるはずがない。

七〜八ｍ行く頃には、呼吸が逆になって、たっぷりプールの水を飲み込む。あわてて隣のコースを泳いでいる、ちょっと上手な同級生につかまろうとする。彼は逃げ去った。何とか人手を借りずに歩いてゴールまで辿り着いた。あとでその同級生に聞くと、「つかまれたら自分も道連れになるから逃げた」とのこと。

とにかく水泳だけは苦手だ。以後、強制的に泳がされたことはないが、海を見るのは好きだ。でも後年、その海——錦江湾——に飛び込む寸前にまで追い込まれる事態が待ち受けているとは、その時の私は思いもしなかった。

2、エレキバンド結成に誘われる

入学してクラブ活動は何にしようかと迷い、ブラスバンド部に話を聞きに行った時、ちょうどそこに来ていた現在の友人に、エレキバンドを結成しないかと誘われた。私は歌う方はまあ幾らかの自信があったので、大いに喜び、参加することにした。ところがいざという時になって、機材を購入しなければならないこと、練習にさかれる時間が多いこと等、障害が多数。苦学生の私には無理とわかり、あきらめた。

今思えばその選択は正しかったと思う。楽器を演奏できそうな手指でもなかったし、音譜もまともに読めなかったから。今はカラオケは歌うが、音感に頼ってのことで、趣味の範囲で音楽には触れている。その友人はその後もエレキ活動を続け、好きな音楽のジャンルは全く違うものの、生涯の付き合いをすることになっている。

3、アルバイト

私の学生時代の「三大アルバイト」は家庭教師、魚屋さん、クラブのボーイとバーテンダーだった。その三つに関しては、経験年数と習熟度のどちらの点でも一通りの自信があった。家庭教師は大学の大先輩が近くのミッション系の女子高校の院長だったこともあり、寮で教えることが多かった。珍しかったのは、家庭教師の教え子が全て女子中・高生だったことだ。

魚屋さんの方は最初、本店の冷凍倉庫で働いていたが、認められて、スーパー内の専門店に変わった。調理と販売を担当したが、特に接客は楽しかった。またクラブの方はホステスとボーイを含めても十五、六名の規模の店であったが、最終的には経理面まで任され、大切にされて、経済的に大いに助かった。その他、新聞配達、チンドン屋、モニター調査、工事現場の肉体労働なども経験した。

アルバイトをした理由は、授業料は父がいなかったので免除されていたが、毎月の生活費と母への仕送り分が必要だったからである。母からは入学時にまとまった金だけをもらって、あとは自力で全てまかなっていた。

この頃からであろうか。手元に収入はあるが、必要経費が同じぐらい出ていく生活だったので、あまりまとまった金を持った記憶がない。一時期の例外を除いてだが——。

4、学業

私の大学生活は学業とアルバイト一色だった。教養課程の時は、午前中が語学中心だったが、朝の新聞配達を終えての聴講は身にこたえた。ほとんど居眠りばかりしていたかもしれない。必須の英語と第二外国語のドイツ語は、担当教授のおかげでかろうじて可。そんな状態だったから、他の学科も推して知るべしである。

三年の専門課程で西洋史学専攻となる。第一希望は社会学であったが、希望者多数で英語による選考試験があり、敗退。第二希望の西洋史学となった次第である。

自分で希望したものの、苦しみの連続だった。なぜなら、西洋史とは欧米の歴史である。ということは、当然必要なのは英語の能力。よりによって勉強時間の少なかった学科が中心になったのだ。英会話までは必要なかったが、文献は全て英語だった。でも面白かった。

卒論のテーマは「十四、五世紀のイギリス綿織物工業史の考察」。辞書と参考文献と関係図書を手に持ち、急ピッチで完成させた。これはまあまあ、教授の言葉を借りれば「君はもう少しやれると思った」というレベル。当たり前だと思った。相当手抜きの作業だったから。

5、大学紛争

入学してまもない頃、全国的に学生運動の嵐が吹き荒れていた。熊本大学も例外ではなかった。生協の定食値上げ阻止運動からスタートしたが、半年もせぬうちにセクトに乗っ取られ、政治色が強くなっていく。その間、まだその本質に気づかなかった大多数の参加者は、デモ等で示威行動をする。

学生側と大学側の折衝もうまく進まない中で、ストライキ。大学の門という門に学生の座り込み。大学の撤退勧告を拒否するや、機動隊の導入。暁の機動隊との無言の対決から一転、我々が座り込みを解除しないとなるや、機動隊によるゴボウ抜き作戦。固く腕を組み合っていたが、それも無力となり、一人ずつ持ち上げられ、排除。もちろん、逮捕されるような暴力、傷害事件は起こしていないので、そのまま解放されるが、もう元に戻る勇気はない。

この頃を境に変質化していった大学紛争には、直接的には関われなかった。紛争の終末期に関われなかった自分に、幾らか後ろめたさがあった。青春の波動が一番高くうねっていた頃のことである。

6、キリスト教と自治寮

大学入学が決まってから、住むところを探した。結果、黒髪門《くろかみもん》前に「キリスト教花陵《かりょうかい》会寮」があったので、応募。入寮が認められた。条件は①聖書に基づく入寮学生の規律を守ること。②毎週キリスト教会に通うこと、だけだった。

自治寮でそれらさえ守れば、自由で、安く住めるということがありがたかった。「命名式」を終えると、寮生には寮名が与えられる。まず全ての寮生から、動物、昆虫等いろんな名称が出され、駄目なものから消されていく。最後の二点が残され、それぞれに自分の希望と応援の演説が行われて、投票。

私は「白鳥」と「モグラ」だった。結果は明白。モグラ君。私の学生時代の二年間の「本名」である。呼ばれているうち、何となく顔も似ていくものらしい。

珍しいのはキンギョムシ、マントヒヒ、イタチ、ゾウと子ゾウ等であった。その頃、別名として自ら呼んでくれるよう推していたのは、「特殊潜行艇」というニックネームだった。「もぐったきり、絶対に水面に出られない」という意味で、泳げない自分をもじっていたわけだ。

予備校時代の友人にかつて「原罪」について尋ねたが、その寮生活で、その解答を知ることになった。寮生活は楽しかった。教会も最初は楽しかった。しかし、入った動機が宗教に触れたかったわけではなく、どちらかというと経済的な理由が大きかっただけに他の人とは視点がずれていた。

次第に教会の存在が、負担に思えてきたのだ。表現は悪いが、私には「社交クラブの延長」にしか思えないようにさえなっていた。教会に通うよりも、現実の奉仕、ボランティアに目が向いていった。ほぼ二年を経て退寮したが、今にして思うに、心の窓を開かせてくれたのはこの頃の経験だったかもしれない。

7、ボランティア

私の日常は忙しかった。受講とアルバイトが中心。それに子供たちとの交わりが加わった。幸せな家庭に恵まれない子供たちと触れ合う園での活動や、家庭教師。幼い子から中学生までの多くの子供と交わることによって、自分の心から湧き上がる何かを感じた。子供たちの純粋な心、あるいは悪戯《いたずら》にも触れ、彼らに愛情や友情を感じることができ、大切な時間を得ることができた。

街頭でのちらし配り等の街宣活動は、のびのびとした接客業務に似たものを感じてもいたが、子供たちとの交流はそれとは比較にならぬほどの心の充実を感じさせてくれたりもした。自分の未来を、子供たちの未来に重ね合わせていた時期だったのかもしれない。

8、初体験

二十二才にして初めて女性との体験。それまで意識して女性の手を握ることもなければ、体に触れたこともなかった。それが突然の相手からの告白と行動。知り合ってまもなかったが五才上で、姉のような存在だとばかり思っていた。相手の勢いに負けた感じだが、私も憎からず思っていたので素直に反応した。

女性とはこんなにも柔らかく、温かく、優しいものかと驚き、愛《いと》しさを感じた。彼女が年上ということもあったが、彼女に包まれる幸福に対して、自分は男だと強がろうとしたができない。そのような状態の男女が、素直に相手を求め合っている以上、どちらが強いかなど問題ではないのだ。

初めての時間、優しい時が過ぎていったのだが、それは長くは続かなかった。私も学業とアルバイトに追われ、たまのデートはできたけれども、彼女の期待に応えられることは少なかった。私も最初の時の温かさを失い、結果として彼女につらく当たっていたのかもしれない。彼女の家庭の事情もあり、半年後にはそれまでの互いの情熱が消え去ったように別れの時を迎える。お互いに「ありがとう」と言い残して。

9、教職実習と留年

教職実習を迎える年の四月、私は学生課に教職実習を希望しない旨、届けようとして赴いた。ところが窓ガラスに貼り紙がしてあり「教職実習費を納めない者は棄権した者とみなす」とのこと、事務所に入ることなくUターン。用事は終わったと思っていたところ、実習高校の発表があり、何ということか、私がある高校へ派遣されることになっているではないか。すぐに私は、担当教授と学生課に申し入れ、断った。

ここから私の性格がいかんなく発揮されることになる。学校側は貼り紙の内容は、あくまで学生側の立場に立っているので、実習費を納めてなくとも高校には行ってもらうの一点張り。私は拒否。それにはわけがある。

専門課程に入って教員になる道を探ったこともあったが、勉強も満足にしていないし、自信もない、天職と思えなかった等で、教職単位を取ろうともしていなかったのだ。結果として「けんか別れ」。私はゼミにも出なくなって、出席率が悪いためにゼミの二単位を取れなくて留年となった。

卒業後、熊本大学に講師として戻った後輩に聞いたことがある。「熊大始まって以来の出来事だった」と。

今だからこそ言えることだが、これも私の性格ゆえ。学生課にキチンと報告せずに、貼り紙を素直に信じてしまったこと。実習の発表があった時に周りの意見を入れて実習を行っていれば、事件も起きなかったわけだが、このことは今でも担当教授と大学側に迷惑をかけてしまったのかな、と少しばかり胸を痛めている。

10、東海大学総長・松前重義氏（柔道の山下泰裕氏を育てた人）との出会い

アルバイト先のクラブ（「オープンシー」という名前だった）に、東海大学熊本分校の先生方がよく来店されていた。私は平日は夕方から深夜まで働いていたが、松前総長からは特に可愛がられた。総長方の支払いは大抵つけであったので、毎月末に大学までバイクで集金に行ったものだ。頻度が高いので、ひと月分で何口かの集金となる。一口二百円もらっていたので、大学に行くだけ

で数千円の稼ぎになっていた。ありがたい上客様であった。

ありがたついでというわけではないが、私の人生のターニング・ポイントとなることが起こった。ある時、総長が「上大田君、君は将来何になりたい？」と聞いてきた。「まだ決めてません」と答えると、「それなら一つ言っておきたいことがある。君はまだ若いから、人に話す材料もなければ経験も少ないだろう。これから先、人の話をたくさん聞きまくり、一度それを自分の体に全て入れてごらん。そのうちの幾つが血肉となって自分のものになるか。どうしても駄目なものは捨てなさい。そして自分の体で確かめること。その結果が君の将来を決めてしまうよ」とおっしゃった。

私の特長は素直になれることだ。松前総長のことばを信じ、どうすればよいだろうかと考え込んだ。①たくさんの人に積極的に会う、②老若男女関係なし、③とにかくあらゆる仕事の人に会う、等々。

そして進むべき道は、営業関係と決めた。私の社会人へのスタート先としてはどうしても公務員、団体、法人、会社は具体的にイメージできなかったからである。

こうして、たまたま私の専攻である文学科系統へは求人数も少ない中、ご縁を得られたミドリ安全株式会社で、次の人生の師に巡り合うこととなった。

11、熊本での家族

大学受験の時、大学の紹介により二泊三日で泊めていただいた家庭が、私の「熊本における家族」に等しいものとなった。留年したこともあって熊本には五年間住んだが、「お母さん」と「お嬢さん」（私は姉貴と呼んでいた）の二人家族だったので、男の子が増えてうれしいと言っておられた。在学中に姉貴の失恋の相談を受けたり、結果的に姉貴の結婚式に「家族の一員」として出席させていただいたりと、大事にされた。

私がアルバイトで、マンホールのふたを取り損って、右手薬指を骨折した時などは、実の息子以上に世話をしてもらった。でも「お母さん」は気の強い女性だったので、いろんなことで注意され、怒られたのも事実。姉貴は在学中に、結婚を機に家を出たので、尚更、私に対して子供同然の思いを持っていたようだ。留年した年の春、（実の）母親を熊本に呼んだ時は熊本の下通《しもとおり》商店街で三人で楽しくテーブルを囲んで談笑、二人の「母」に恵まれた思いがしたものだ。

12、母のガン手術と熊本旅行

昭和四十四年、母が直腸ガンで入院、手術。四十四才と若く、発見も早かったので、二十cmほど直腸を切り取ってつないだ。人工肛門にならなくて済んだので、少しだけ幸運だったのかもしれない。しかし術後は元の元気な母には戻れなかった。

もちろん、仕事は茶工場や澱粉工場と元気な間は働き続けた。それまで私は、いや弟も含めて、家族で旅行したことなどなかった。そんな時代でもなかったし、また経済的にそんな余裕はなかったから。しかし、私は思い切って母を誘った。すると二泊三日で熊本に来たいと言う。うれしかった。

運転免許を取ったばかりだったので、レンタカーを借りて熊本駅まで迎えに行った。ところが車に乗って五分ほどで、母は気分が悪くなり、市内のホテルのロビーで休ませていただいた。それから阿蘇方面へ向かい、温泉と阿蘇山を目指した。その後は思いの外順調だった。

二日目の夜は私の三畳間のアパートで母と二人、ゆっくり話し込んだ。母が亡くなる昭和五十四年までの間で、初めての、また最後の二人だけの旅行であった。でもこの時には六年先に鹿児島の実家に戻され、一年半も実家で生活するとは思ってもいなかった。

第6章　社会人

1、新社会人としてスタート

私は大学の卒業式は欠席して、会社の入社前研修を受け、東京で新社会人のスタートを切った。あこがれの東京だった。私は以前からまず仕事をするには世界の情報の集まる、最先端都市で始めようと思っていた。

しかしその時の東京は一ヶ月にも満たなかった。というのも、鎌倉の寮から渋谷まで通うこと二時間、入社式とオリエンテーションが済むと、東京のことをほとんど知らぬうちに、配属先の大阪へと異動することになったからである。それから大阪には丸二年住むこととなるが、仕事にオフに、充実した期間となった。

大手顧客をはじめとする会社関係の開拓とフォロー。日本国内第二の都市圏だけに、錚々たる企業が顧客に名を連ねていて、私はその一部を担当した。取り扱い商品数も多かったので、覚えることも多くて大変だったが、経験とともに自信もついていった。

仕事は産業安全靴と保護具、機器の販売だった。中でもとりわけ思い出深いのは、当時、梅田の世界長ビルにあったスーパー「ダイエー」本部との間で「漏電ブレーカー三千台」の契約を結んだことだ。入社二年目の若者にとっては素晴らしいことであった。

学生時代に松前総長からいただいた言葉を貪欲に実行しようと思っていたし、人に会うことに対してためらいはなく、積極的だった。

オフの日になると、会社や寮の友人、先輩たちと大阪・京都を中心とする近畿圏を遊び回った。京都コースは、琵琶湖にヨットセーリングに行った帰りに、大徳寺・春日大社の「あぶり餅」を食べ、祇園辺りを散策したものである。寮で同室だった友人の出身大学が京都だったので彼は京都に詳しく、京都のことは彼なしでは語れないほどである。

箕面《みのお》の紅葉の美しさもいまだに頭から離れない。学生時代は学業とアルバイトが付いて回ったが、正式に就職してからは仕事とオフの区別がはっきりついて、それまでにない解放感と充実感を味わった。一方で組合の支部・書記長をするなど、自分の成せる範囲で社会参加もしていた。

2、実務管理者・Y氏との出会い

大阪へ来て一ヶ月後、私は尼崎支店へ転任した。支店長・Y氏が希望してくださった上での人事異動だったという。その時はその内情は教えてもらえなかったが、後日人づてに聞いて、「期待してくれている人がいる」と思うと、心が震えた記憶がある。私にとってのミドリ安全㈱のキャリアは、つまるところ、Y支店長との出会いに尽きる。理想的な管理者であり、上司であり、大先輩であった。二年間で公私にわたってお世話になった。

こういう事件があった。私たちは毎朝、朝礼が済み、仕事の準備を終えると、営業全員が内緒で、行きつけの喫茶店に集まり、自由放談した上で、それぞれ仕事へ向かうという悪習があった。それが支社長にバレて、ことの責任が支店長に及んだのである。それを逃げることなく、己の責任として受け止め、私たちに非あることの注意こそすれ、それ以上の追及はしなかったのである。

人事管理の妙を心得ているというより、大局的な把握のできる誠実な人柄であった。だからこそ営業のみんなが支店長に対しては素直であったのだろう。そういう管理者がいると人間、頑張れるものである。私的にはデートをする時など、自分の車を持っていなかったが、営業車を使うわけにいかないので、思い切って支店長に相談すると、自分の車を貸して、笑って送り出してくれた。「彼女」を連れていったこともあるが、その時にはよく「上大田君、好きな彼女を自分のものにするのは、仕事で、しかも新規開拓で、日本有数の会社と契約するようなものだよ」と口ぐせのように言われたものだった。しかし、「大好きな女性に恵まれる」というのはいまだに実現できていないから情けない。

しかし、そんな支店長と別れなければならない時が来た。支店長とはそれほどの親密な関係を持っていながら、会社に対しては今一つ頑張る気になれず、会社を離れることになったのである。私がもう少し大人で、周りの環境・人間を客観的に見ることができていれば、その時点で会社を辞めるなどあり得ないことだったかもしれない。たぶんに皮相的にしか物事をとらえない当時の私の幼い性格ゆえの結末だった。

3、果たして人生のつまずきか？

ミドリ安全は居心地が良すぎたのである。それまでの人生で、素直に自分の居場所ができて、受け入れてくれて、自分を主張できた初めてのところだった。もちろん、私は遠慮がちではあったけれども最小限の主張はする男だから、逃げることは嫌いだった。それがこの時だけは逃げてしまった。残ることで楽ができて、レールに乗れて、うまくいけばそれからの人生の図面が引ける。そう思った瞬間に、私の心の奥底に潜むチャレンジ精神、絶対に満足したくない心が、破壊的な爆発力となって表に出てきたのだ。もう一つ、転職のきっかけとなった先輩の一言に、恩義を感じていたことがあって、この人とともに未来を切り開いていけると思い込んで、一方的に夢をふくらませた結果でもあった。

その未来は大変なものとなったが、後悔はしていない。私に課された課題は、この時に選んだことの答えだったということである。

ある時、友人が言った。「お前は黙って生きてれば、レールに乗って成功する人生があるのに、自分で振り切って、自分から進んで苦労する方ばかり選んで生きている」と。無論、私も成功したい。その成功へのチャンネルをちょっとしたことで、回し違えているのだ、と思いたい。でも今は思う。これまでの経験の全てが、今存在する私という人間を形造っている部品の一つ一つになっているのだ、と。無数の経験がある意味では複雑怪奇な人間を作ったと言える一方で、無数の人の心を飲み込んだ、複眼で対応できる人間に育てられたとも思う。

つまずいた、と一瞬思うことはあるが、次の瞬間には、今の身分を作ってくれた貴重な時間・体験を喜んで受け入れてきたのである。

誰にも譲りたくない自分の人生に対し、素直に向き合ってきたのだ。うれしい、というのが正直な気持ちである。

4、結婚を告げた女性との出会いと別れ

社会人となった翌年、私はそれまで心に引きずってきた初恋の人との縁を完全に切られた。私にとって恋愛とは言えないかもしれないが、片想いで終わった女性に初めて見せた涙であった。

しかし、実際に終わったらかえってスッキリしていた。十数年の心のもやもやが断ち切れたからかもしれない。

それからまもなくのことだが、商談先に気になる女性が出現した。相づちを打つ時に、コクリと首を右に傾ける癖があるのだが、その癖に心魅かれたのである。思い切ってデートに誘ったらＯＫ。三才年下だった。交際スタート。でも順調ではなかった。

私の頭の中に、また彼女の中にも、取引先の関係者というのがついて回ったのだ。それでも、たまに支店長の車を借りてデートをしたりもした。そうこうしているうちに私が退職。私は彼女に、「これで晴れて、公然とデートできるよ」と伝えた。しかしその後、私は東京へ行くことになった。深い仲でもな

かった二人は、それをあっさり受け入れた。

東京と大阪の遠距離交際となった。主に手紙のやりとりで、そのうち中間地点の名古屋で会うようになる。それでも月に一度だ。転職の際の条件を全く打ち合わせずに上京した結果、私の生活条件は以前より悪くなっていた。デートの費用をなんとかやりくりしながら、それでもその年の暮れには結婚を考えるまでになり、手紙で母にも報告した。

母はやはり地元の女性を、と希望していたが、最終的には私の意思を尊重してくれた。正月、彼女の家で新年を迎え、二人して今宮神社に詣《もう》でた。ところが、それから何かが明らかに狂っていった。お互いの気持ちの波動が合わなくなっていったのだ。

今思うに、彼女が私の心を確かめるために、駆け引きを始めたことに対し、私が疑心を抱いてきて、彼女の本心がわからなくなったのだろう。最終的には彼女が別の男性を選んだものと錯覚して、私の方から別れを切り出し、一切連絡をとらなくなってしまった。そして、半年後には、彼女は結婚していた。

彼女の母上から「どうして結婚しなかったの？　あなたのこと本気で好き

だったみたいよ」と言われた私は、どうしていいかわからなかった。涙を流すしかなかった。

母からの手紙

昭和五〇・八・二八

あなたが鹿児島へ帰ってきたのは、つい二、三日前のような気がしますが、いつしか八月も終わろうとしております。

今の鹿児島地方はほぼ毎日にわか雨が降っておりますが、東京の方はどうですか。一時間半の毎日の通勤も大変ですね。

忙しいようですが、体の方は元気ですか。こちらへ帰って二、三日間、毎日難儀な仕事のみしてもらってすみませんでしたね。疲れが出やしないかと毎日案じておりました。たまにしか帰ってこられぬのに、何にもしてやれず、おいしいものを食べさせてやることもできずに、ごめんなさいね。

先日は、高価な贈り物、本当にありがとう。二十六日（火曜日）田んぼへ行って帰ってみたら、届いておりました。早速開けて昼から飲みました。自分では決して買えぬ高価な薬、ただうれしくて、ありがたくて、目から〝塩水〟があふれ出て仕方ありませんでした。母は何という孝行な子を持ってありがたいことでしょう。二人の子とも、こんなに親思いなのですもの、うれしいことです。

蜂蜜を入れて朝、昼、晩の三回いただいております。飲みつけると美味しいです。今のところまだ二、三日で効果はわかりませんが、きっときっとよいと思います。毎日飲み続けて一日でも長く生きようと思います。本当にありがとう。

二十八日の夜、K（弟のこと）より電話があり、鹿児島の方も贈り物が二十七日に届いたそうで、先方様がとても恐縮して、どうかくれぐれもよろしく、お礼をよく言ってくださいとの話だったそうです。そのように心得ておいてください。

毎度くどいほど言いますが、お嫁さんの話どうなっていますか。Kも自分のことより兄のことが心配らしく、早くHさんにでも頼んで、兄とH家の人と一緒に結納に行けばと言っております。

あの子もやはり、離れすぎていることを心配しております。先方のご両親にしたって、正月に交際させてくれと言ってはきたものの、一向に結婚の話はないと心配しておられるのではないかと思います。だから、せめて結納だけでもと、母は思うのですが、どうですか。結納金だけはこちらの方で用意します。Kも、車ももらっているので、三十万ぐらいは兄にやると張り切っていますので、どうか結論を出してください。祖母も毎日くどいほど言っていますので、せめて結納だけでもと思います。

Kも、先日の晩に向こうのご両親が帰ってこられるので、先方のお兄様がぜひ来るようにとのことなので、案じておりましたが、行ったそうです。今のところ結果はどうかわからぬけれど、行った印象はよかったような話で、十時半頃まで飲んで世間話をしたようです。

何分、先方様は教育者なので、うちみたいなところにそう簡単に来てくださるとは思いません。後日、興信所でも頼んで調べられたらどうしようと気になりますが、Kもその時はその時と言ってくれていますので、母としても少しは気が休まります。今はこのような家庭を恨めしいと思う日がありますす。こんな母ゆえにみじめな思いをするのではないかと。あなたたち二人の子には、本当に済まないと思います。

いつの日かよき日が訪れてくることを信じ、一生懸命働いてきたけれど、幸せの神はいつもこの私には背を向けて行ってしまうようです。それでも、まだあきらめず、その幸せを一心に追いかけていく、それが今の母の姿かもね。

でも、このような母でも、どこの誰にも誇れる宝、それを持っています。それは二人の子たちです。それだけはありがたいと思います。

「白銀も黄金も玉も……」という歌は、母の歌のような気がします。

どうか、母はこのように思っているのですから、今後も体には十分気をつけて、無理をしないように働いてください。サヨーナラ

一筆御礼まで

母より

5、日本舞踊の内田るり子師との出会い

失恋のショックで、浅草の「ほおずき市」に行って夜通し遊んだ翌早朝、私は上野の西郷さんの銅像前にいた。思いがけなく涙々《るいるい》たる感傷とともに「僕の全てをわかってくれる人は、この人しかいない」と、西郷さんに対し、自分でも不思議に思えるほど強い印象を持ったことを覚えている。

それからまもなくして、友人の紹介で、名古屋に本部のある日本舞踊・内田流家元の内田るり子氏を知り、気分転換に、余興にも使えると思い、稽古に通い始めた。そして家元の舞踊に触れることにより、踊りの奥深さに魅かれ始めた。

男踊りの激しさ、勇壮さと女踊りの細やかさ、たおやかさを表現する家元に、伝統芸能の持つ歴史を感じ、いつのまにか、この人を日本一にしたいと思い始めていた。知り合って一ヶ月後、家元から、「大田ちゃん、私のマネージャーになってもらえない？」という思いがけない一言。私の心とは裏腹に、まだサラリーマンで少なくとも安定できる生活をしていたので、安直には答え

られない。それでも私は自分の道一筋、誰に相談するわけでもなく決定してしまった。

二ヶ月後には引き継ぎをキチンとした上で名古屋入り。

家元は私の母と同年代であった。体は大柄だがせっかち。でも心は踊りと同じく、男らしさと女らしさが同居する人だった。約七ヶ月間、行動をともにした。信用できる女性だったし、また私のことも信用してくれていたと思う。しかし最後には、私が自分を見失って名古屋を去ることになり、夢は途絶えた。以後、会えることは少なかったが、私の夢は、現在の家元・内田寿子さんにつないでいる。彼女は宗家（初代家元、るり子師）の跡を継ぎ、その踊りは初代の大胆さとは違って、繊細さと粘り強い体の柔らかさを表現している。私は名古屋時代、内田家に同居しており、今では彼女が妹のように思えてならない。

6、マネージャーと内弟子

マネージャーをしながら、家元からは踊りの基礎から教わった。住居を別にして通勤するわけではなく、同居の上なので、マネージャーと内弟子の区別などあろうはずがない。私は毎日五時に起き、トイレ掃除から舞台の掃除、神棚のご飯と水替え、庭外の掃除と、七ヶ月間休みなく働き続けた。それが終わると朝食、定例の名取りさんたちの稽古日にはレコード係。踊りの稽古は細切れなので、それに合わせてレコードに針を置いていく。勘の勝負である。

慣れないうちは家元に怒られながらも、少しずつコツがつかめていく。私の稽古はその場ではなく、朝イチ、家元のあいた時間に、個人で教えてもらうことが多かった。びっくりしたのは、一曲「松の緑」を習い終えた頃に、栄の中日ビルの稽古場に連れていかれ、みんなの前で踊らされたことだ。汗びっしょりになったが、家元から習った最後の個所を間違ってしまって、あとで「間違ったわね。でもよく踊れた」と喜んでもらえた。

それからほどなくして、家元が印鑑を持ってきてと言う。「将来、名取になるための費用を今担保しておくから」とのこと。事実、四年後に口座を解約するために印鑑を再度持っていったことがあった。少なくともその時は、私の踊りに対する熱意と才能を認めてくれていたように思う。少しずつ踊れる曲目も多くなっていった。

同時にマネージャーとしては、家元個人のスケジュール管理と内田流舞踊軍団のスケジュール調整だった。場所も名古屋・京都・東京と多岐にわたった。サラリーマン時代にはスーツ姿だった自分が、ゆかた姿で往来を走ることもあり、東京駅のホームにゆかた姿で家元を迎えに行ったことなど、思い出は尽きない。

当時、内田流の後援会長は御園座《みそのざ》の長谷川社長で、内田家が尾張徳川家の家紋・葵《あおい》を内田流の流紋《りゅうもん》にもらっていたこともあり、初代家元の頃には華々しい活動をしていた。今は二代目、寿子さんがじっくりと大輪の花を咲かせている。

7、心の病の発症

私の人生を大きく変える時が迫っていた。私の身体は徐々に侵されてきていた。精神的に、である。今思うに、二つの原因があったと感じている。第一は結婚したかった女性との破談。第二は、駆け引きのできない一途さを持っている自分自身の性格。それゆえ、日本舞踊という女性の世界に足を踏み入れたがために、表に出ない女心の複雑さを理解できず、結局は対応もできないで追い込まれたのではないかと思う。

昭和五十一年十二月頃から、私の周りにいる人が私の噂をしているように、しきりと感じるようになってしまった。そのうちにつらくなり、同居している家元たちからも逃げたくなって、アパートを借りて移った。夜になるといろんな声が聞こえてきたし、部屋の片隅に小さな光が灯り、それが大きくなって見えたりもした。

翌年の正月二日、私は家元と寿子さんに向かって、「馬鹿にするな！」と怒鳴ったのを覚えている。その頃から幻聴・幻覚に悩まされ始め、自分がそれに支配されて、あたかも二人が私のことを馬鹿にしたように感じたのだ。びっくりされたことと思う。たぶんこの頃から、家元たちも私のおかしな言動に気づき始めたであろう。それでも私は日常的には仕事と生活に変化がないかの如くに振る舞っていた。責任感からそうしていたのである。

私という人間の一番の基本は、責任感の強さにあると思っている。他者に対する責任感と、それ以上に自分に対する責任感。これが私が何事にも負けなかった理由だ。しかし、これにも限界がある。肉体的に続かなければ死が待っている。徐々に深まる幻聴と幻覚。ついに名古屋を去る日がやって来た。「るり定社中発表会」の稽古日、家元が連絡してくれて、鹿児島から弟が空路、嫌いな飛行機で駆けつけてきたのだ。

私は素直に従った。この時、鹿児島と名古屋の関係者は対応に腐心したと思う。私は本当は正常ではないのに、正常人らしく振る舞っている〝化け者〟になっていたのだ。それから、いよいよ本格的な激動の日々がやって来るとは、当時の私は思いもしなかった。満三十才になる約二ヶ月前のことであった。

「私の大西郷」私淑論

上大田憲男

私にとって、西郷さんとはどういう意味を持つのであろうか。このことに触れる前に、どうしても抜きにしては考えられない人がいる。母方の祖父である。祖父は農業のかたわら、生涯を馬喰として貫き、馬や牛とともに生き、死んでいった。牛馬に接する時の祖父は優しく、また孫の私らにも優しい祖父であった。

祖父との歴史の中で今も眼前のことのように思い浮かぶのは、家の床の間に連れていかれ、西郷さんの本を詳しく、またくどくどと読んでもらったことである。それは祖父の愛蔵するたった一冊の本であったように思う。もちろんその本は今も実家のタンスに収まっている。作者が誰かは確認していない。

すなわちものの判断のつく小学生になってからの記憶が残っており、西郷さんの偉さ、優しさを祖父なりに理解して私に伝えていたのであろう。そのためか中学生になり、毎年恒例となっている読書祭りでは「西郷隆盛を読んで」というテーマで読書感想文を発表したこともあった。つまり西郷さんとの出会いは祖父を通じて始まったのである。

しかし、その後は格別な触れ合いもなく、学業と仕事に追われる十数年が過ぎ去った。そして昭和五十年、西郷さんと再会する。私は当時、明治維新に興味を持ち始め、関連の書籍・雑誌を買い集め、あるいは図書館で借り、折を見ては旅に出て、自分の足で西郷さんの人物像と彼にまつわる歴史を追うことに努めた。もちろん私は一介の会社員にすぎない。出向く範囲も狭くならざるを得ないので、いきおい読書に向かう。中でも生まれ故郷、鹿児島に目が向くのは当然であろう。

維新の群像の中で最後に私が求めたのは、西郷隆盛その人に尽きた。私はその年、二つの事件に遭遇した。私にとっては青春をくつがえすような出来事であった。小さな会社ではあったが社長と真っ向から対立して、責任をとったこと。もう一つは失恋である。

前者は仕事上の対立と割り切り、私怨を残すことを嫌った私であったが、その気持ちが相手に通じなかったことによって起きた。後者は若気の至りである。今でも独身で、こと女性に関しては、どうしても弱気な面が顔を見せてしまう。

肉体的苦痛は一晩寝れば回復するのが若者の特権であるが、精神的苦痛については人生経験の少なかった私にとって、どこに救いを求めるかがまず問題で

郵便はがき

料金受取人払郵便

新宿局承認

7552

差出有効期間
2024年1月
31日まで

(切手不要)

1 6 0-8 7 9 1

1 4 1

東京都新宿区新宿1－10－1

(株)文芸社

愛読者カード係 行

お名前《ふりがな》		明治 大正 昭和 平成 年生 歳		
ご住所《ふりがな》	□□□-□□□□		性別 男・女	
お電話番号	(書籍ご注文の際に必要です)	ご職業		
E-mail				
ご購読雑誌(複数可)		ご購読新聞 新聞		

最近読んでおもしろかった本や今後、とりあげてほしいテーマをお教えください。

ご自分の研究成果や経験、お考え等を出版してみたいというお気持ちはありますか。

ある　ない　内容・テーマ(　)

現在完成した作品をお持ちですか。

ある　ない　ジャンル・原稿量(　)

書　名			
お買上 書　店	都道 府県　　　　　市区 郡	書店名	書店
		ご購入日	年　　月　　日

本書をどこでお知りになりましたか?
1.書店店頭　2.知人にすすめられて　3.インターネット(サイト名　　　　)
4.DMハガキ　5.広告、記事を見て(新聞、雑誌名　　　　)

上の質問に関連して、ご購入の決め手となったのは?
1.タイトル　2.著者　3.内容　4.カバーデザイン　5.帯
その他ご自由にお書きください。
(　　　　　　　　　　)

本書についてのご意見、ご感想をお聞かせください。
①内容について

②カバー、タイトル、帯について

弊社Webサイトからもご意見、ご感想をお寄せいただけます。

ご協力ありがとうございました。
※お寄せいただいたご意見、ご感想は新聞広告等で匿名にて使わせていただくことがあります。
※お客様の個人情報は、小社からの連絡のみに使用します。社外に提供することは一切ありません。

あった。結局、家族、友人、宗教、旅行等に救いを求めたが、家族や友人に話すのはとてもつらいことであった。喜べることなら分かち合ってもよかった。

学生時代に経験した宗教には限界を感じていた。旅行は一時的な逃避にすぎない。私は現実から逃避したくなかった。少なくとも人生に真っ正面から取り組んできた自分としては、現実と向き合って、精神的な悩みを解消したかった。そこに西郷さんがいた。私が悩んでいた全てに明快な解答を用意して待ってくれていた。

「人を相手にせず天を相手にせよ。天を相手にして己を尽くし、人を咎《とが》めず、我が誠の足らざるを尋ぬべし」私はこの言葉に、これからの人生の全てを見た。――参考までに、この折に興味を抱いた歌を挙げておこう。

「人知るもよし、人知らざるもよし、我は咲くなり」(実篤)「あれを見よ、みやまの桜咲きにけり、真心尽くせ人知らずとも」(古歌)――そして私はいつの日か、次のような詩を作っていた。「我死を見む。されど中々に足踏み入れ難く近づく勇気を得ず。死を覚悟し、日々に死と相まみえて闘ってきているはずの心がいかでかゆるぎなん。我が熱情を注ぎし女《ひと》への未練の由《ゆえ》か。我が姿を遠くにあって見つめし母への想いの由《ゆえ》か。我が到達すべき目的を果たさむことへの意地の由《ゆえ》か。心空《むな》しうして身を捨てたる心地《ここち》の涯《はて》に、またも狂いし情熱のあえぎをいかでせむ。他人《よそびと》に求めてならず賭けてならず、常なるは我一人のことに有りて、いつにても、どこにても、誰にても誠意尽くすを本分と成し、一切を求めてならず、期待してならぬ。常に死と対局していてこそ我が人生の指針が求められん」（五十年八月二日）

死生観である。それらは少なくとも私の青春の一時期に得た精神域であり、現在の私の信念・思想の基盤となっていることは間違いない。

西郷さんは道義、実践の人である。不言実行の人でもある。世に知られる道徳の全てを体現できる人こそ西郷さんであろう。「大西郷私淑論」として私がテーマを掲げ、文章に表すことは、私にとって非常な冒険である。なぜなら大西郷を尊敬し、大西郷に近づこうと努力していることが公然化したことであり、自己に対する責任がそれだけ厳しくのしかかってくるのである。しかし、あえて私は挑戦してみたい。人間、欲がある。その欲の全てを大西郷に向けてみたい。

加治屋町に生まれ、城山に死すまでの五十年。現在なら発達した交通網下、大西郷の一生もあれほど過酷なものにはならなかったろう。もちろん、物理的な条件において楽だったということにしかすぎないだろう。大西郷の持つ「私欲のなさと人気」は、いつの世も権力の側にすれば煙たいものにしか映らないだろう。人間、人を批判する時には、必ずその人の欠点を突くものである。

西郷さんには、いわゆる欠点がなかった。というのも、彼は無私であったから。すなわち人間の欲は人を成長させる代わりに、人を陥《おとしい》れる原因ともなる。言い換えると、その人の持つ価値観が成功と失敗の表裏の関係をもたらすのである。もちろん、その一方だけを生涯経験する人もあろう。

西郷さんにはいわゆる「敬天愛人《けいてんあいじん》」の思想があった。それこそは大西郷のたった一つの欲である。その欲こそが明治維新の原動力たり得たのであり、究極的には人間優先の仁政を具備した国家創造の理想があったものと思われる。それが征韓論（大西郷の真意は遺韓大使論）を機に野に下った。大西郷の真意にかかわらず、征韓論は内治主義と外征主義、すなわち価値観の対立であった。

彼は歴史が示すように偉人であり、日本歴史のどこを繙《ひもと》いても、同様の性格の人物は見当たらない。彼は閣議の場を最後の決戦場と見て、説明下手のその口を開き、気迫でもって乗り切ろうとしたのに違いない。そして大西郷は、国家百年の大計を描きながら、そのほんの一部にしかすぎない征韓論に、これ以上のエネルギーを注ぐことに見切りをつけたのである。帰郷して山野に遊ぶ大西郷。たった一つの生涯をかけた欲（私はそれはたぶん理想郷造りだったのではないかと思う）を胸に抱きながら、いつしか「立つ日」を待っていたことであろう。

それがこともあろうに、大西郷の欲に呼応し始めた人々のために、敢《あ》えて西南戦争に臨んだのである。彼の真意とはほど遠いところで、彼は死所を求めたのであり、勝つための戦いを求めなかったのである。

ぬれぎぬをほそうともせず　子供等が　なすがまにまに果てし君かな

勝海舟

歴史の判断に任せずとも、彼を知る者が当時一人はいたことは確かである。私は思う。大西郷は、これからの私の人生の全てであり、彼の理想郷の一コマでも実現できたら大往生できること請け合いである。私はそのための日常の努力を最大限惜しまないつもりである。

（昭和五十七年六月「月刊かごしま」に発表）

第7章　最盛から再生へ

1、幻聴・幻覚の世界

弟に連れられて帰郷。もし意識が正常であれば、これほどみじめなことはなかったであろう。しかし私はこの時、逆に故郷に錦を飾るぐらいの誇らしげな感情にとらわれていた。ここに掲げる「霊界通信」は、私に起きたことを正直に表現したものである。実家に落ち着いた私は、母の手伝いをこそこそとしていた。母は近所の人には「憲男が帰ってきて、ちょっと手伝ってくれている」と苦しい言い訳をしていた。

三十才近くにもなって、頭がおかしくなって帰ってきたなどと誰が言えよう。それでなくとも母が期待していた二人の息子のうちの長男が「壊れて」

帰ってきたのだ。病気を治そうとして母は懸命だった。人づてに「猿の腰掛け」がいいと聞けば、手に入れて煎じてくれたり、とにかく何かと飲ませようとしたものだ。また、狐がついたと言っては、裏のお稲荷さんにお参りしたりもしていた。

短い期間ではあったが、母にとっては何十年も生きたような気がしたのではあるまいか。母のその思いが当時の私にわかるはずもなく、私は幻聴・幻覚と楽しく闘っていたのだ。霊界通信には入れなかったが、一つ加えておきたいことがある。テレビを見ていた時、テレビから人が語りかけてきたのだ。歌手の森進一氏が出てくると、「お前は歌手になりたいのか」と聞いてくる。私は「いや、歌詞を覚えられないのでダメだ」と答えた。

坊さんが出てくると「隠居したような生活は嫌だ」などと、画面に出てくるあらゆる職業に対して、私は自分は適職でないとして全て否定した。するとテレビから「せっかくお前のなりたい職を選ばせてやろうとしているのに、選ばない。いったいお前の夢は何なんだ」と結ばれた。私は身体が回復してから思ったのだが、この時に何か一つを選んでいたら、それが天職になっていたと思うが、全て否定したことで、自分の人生がそこで決まってしまったのではないだろうか。どういう人生を選ぶかは、それから二十八年後を待たねばならなかった。人よりも、すごく遅い人生である。

2、精神・神経科横山病院入院

三月二十五日、母と弟に連れられて入院。その時の記憶はほとんどない。精神安定剤の注射と服薬でその夜は久しぶりにぐっすり！　と思いきや、真夜中の二時頃、トイレ備え付けの独居房で、猛烈な下痢に見舞われる。二時間ぐらいで五、六回。最後の頃は水便となったが、その間、ふくものがなくなり、看護師を呼ぶが反応がなく、結局使ったのは毛布、治まった頃には腹の中はカラッポで、苦痛が襲ってきた。そして落ち着いてから気づいたのは、昨日までのモヤモヤ、幻覚・幻聴がものの見事に消えていたことだ。

頭がスッキリしていて気持ちがよい。そんな状態になったのは何ヶ月ぶりだったろう。心からも肉体からも「悪魔」が去っていった思いだった。入院は五月二十五日まで。このスッキリがずっと続けば問題なかったが、抗精神薬と睡眠薬の服用でまた頭が重くなり、体の自由が利かなくなっていた。緊張を抑えるために、薬を使うから止むを得ないのだが、だるい、眠たい。少しでも横になりたい。動作が鈍くなる。

その一方で、頭のスッキリ感はあるので、主治医、看護師、母たちに元に戻ったから早く退院させてほしいと矢の催促。口で言っても残らないのでメモ用紙に書いて、どんどん渡した。

病院ではルールがある。アルコール中毒の患者さんは、禁断症状が取れると全く普通の人なので部屋長や責任者になっている人が多い。金を持てない世界なので、差し入れの菓子等を欲しい者同士で物々交換することになる。いずこにも生きる知恵があるものだ。

病院のテレビで外の世界の様子を知る。確かこの月、大相撲では若三杉関が優勝した。またこの年は、ちょうど西郷没後百年の記念すべき年に当たり、鹿児島県の鎌田知事のもとにいろんな計画が目白押しになっていた。今日、大相撲の世界に少しご縁を得られたこと、退院して数年後、中学の恩師の縁で、知事官舎に出入りさせていただき、また新たな世界を知り得たことは、すごく幸運であった。

3、退院その後

入院は二ヶ月であったが、退院してから完全に社会復帰するまでには一年三ヶ月の年月を要した。薬の服用は、頭の回転を鈍らせ、体は重くてだるい。そのうち副作用が目に来て、物が二重三重に見えるようになった。しかし、体調が良くないからといって薬をやめる私ではない。

病気だという事実は受け入れているので、少しずつ確実に負担を少なくしていこうと決意。月一回、主治医と相談しながら、私主導で進めた。まず半年で昼の薬服用と夜の睡眠薬をやめた。無事、次の半年で朝の服用はやめた。しかし、これが限界だった。病気の性質上、全部の服用をやめることはできないと思っていた。

同時に、実家の母をはじめとする家族のもとでくすぶっていたので、早いところ社会復帰したかったのだが、それだけは順調には行かなかった。もう死んでしまったかのように、人から私が存在することさえ気づかれないように隠れ続けた。でも世間は知っているはずとは思ってはいたが、この頃は自分を見せ、明らかにするほど強くはなかったし、最高に落ち込んでいた。

それでも半年が過ぎた頃から就職にチャレンジ。田舎には仕事がなかったので、鹿児島市内にアパートを借り、「鹿児島信販㈱」（現在の楽天ＫＣ）に入社。二週間はデスクワークと同期入社の友と同行だったので問題なかったが、即営業で車運転となって、目が普通でないこともあり、退職。

この頃の私について、中学の同窓生の証言によると、「アパートの家主さんが布団屋さんで、私の知人だったが、ある日そこの帰りに、上大田さんが元気なさそうな様子で歩いていた」とのこと。その様子がすごく印象的で、ずっと覚えていたとのことであった。私が最も苦しかった時代の証言である。

二件目は「キク薬局」。この二例で会社勤めはもう無理だとわかり、アパートを出払って家に戻った。主治医に「上大田君の病気は何だと思う?」と聞かれた。「たぶん精神分裂症（現在の統合失調症）でしょう」と私は答えた。

この頃はまだ精神障害者に対する開放政策は実施されておらず、今日の「ソーシャルワーカー」など想像することさえできなかった頃の話である。まだ閉鎖社会だったのだ。

霊界通信①

昭和五二・三・一〇

内田るり定社中発表会の稽古場へ弟が迎えにくる。

家元より「兄がおかしい」との電話が母にあり、嫌いな飛行機で名古屋まで来たもの。

その時すでに幻聴・幻覚は激しく、弟ともまともに話せる状態ではなかったが、素直に受け入れて帰郷の件に同意した。

名古屋空港に着いて、時間待ちでロビーの椅子に腰かけている。弟のチック症状が、何かの合図に聞こえて仕方なかったが、それは実際にあったことなのかどうかわからない。

その時、ふとテレビに目が行って、画面を見ていると、目が熱くなってくる、だんだんつらくなって目を閉じると治まった。何回かその繰り返しがあって、気づいたのは、私の目がテレビの画面に映っており、画面に見入っている人が多いほど、また長く見ている人が多いほど、私の目が熱くなってくることだった。最後は目が焼けるように痛くなった！

それでもそれが信じられずにテレビ画面を繰り返して見ていたら、画面に見入っている人の目の焦点がテレビの目に合うほど比例して熱くなっていることは間違いなかった。

その間二十〜三十分ほどであろうか、しばらくして機内に入り、その現象も消えた。

霊界通信②

昭和五二・三・一〇夜

鹿児島空港より、弟の住居である社宅に着いた。

幻聴・幻覚はもう相当に私の身体を「占有」していた。でも本人はそれが全てなので、弟に「幻聴が聞こえているよ、幻覚が見えてるよ」と言えるはずがなかった。

どちらの世界も正しいのである。私の頭と心はどちらにも対応していた。義妹が食事の準備をしている間、弟と話をしたのだが、話の内容は覚えていない。弟も兄のことを恐る恐る見ているであろうし、また直接聞けないのだろう。

この間、弟からも兄の悪口を言っているような幻聴・幻覚に襲われ、「ちぇっ、お前が来るところじゃないよ」「汚い男が来てどうしようもないな」等と話しかけてくるように感じられる。

とにかく幻聴と幻覚の嵐の中だ。（悪口ばかりが聞こえるのだ）

弟夫婦が私を邪魔者扱いしているように、幻聴・幻覚は執拗に続くのだ。まともに聞いていたら弟の家族に危害を加えるか、自分が消え去るしかない。

それをしなかったのは、私のどこかに冷静な本当の自分が残っていたからだろう。これはこの後も続くし、私が生き延びたのはそのおかげだから、よくわかる。
どのようにして風呂に入ったのか、布団に入ったのかわからない。
とにかくまともには寝られない。
正念場の戦いはこれから佳境に入るのだ。

霊界通信③

昭和五二・三・一四

母と二人で加世田市の病院へ行く。
母がたぶん症状を話したのだと思うが、幻聴・幻覚が起きていることは母も知らないので、たぶん医者の判断は「ノイローゼ」だったろう。（後日、母が話していた）
私の精神はこの時にあっても自分がおかしいとは思っていない部分と、幻聴・幻覚を経験しながら全てを正しいとは思っていない部分もあったので、母や周りに気づかれるような言動や行動はしていなかったから、わかるはずもなかった。

医者がありあわせの薬を用意してくれたものと思うが、そのことは全く覚えていない。大事なことはそれからだった。

母と病院を出て、バスに乗るために加世田駅まで歩いたが、幻聴・幻覚が嵐のように襲ってくる。

通りすがりの人が「あの男、裸で歩いている。恥ずかしくないのか」皆が、そのような言い方をしてすれ違っていったり、追い越していったりする。私は「おかしなことを言ってるな」と思いながら歩き続けるが、さらに追い討ちをかけるように「あいつ、おかしいんじゃないのか、素っ裸だよ。くそったれが、死ね」などと口振りが激しくなってきた。

全ての人がそんなことを言い放ってくるので私もだんだんおかしくなってきそうだ。恥ずかしい、立ち止まってどうしようかと考えてみようとしても、自分が絶対裸ではないことを信じている部分が残っているので、「ええ～い、どうにでもなれ。生まれた時は裸なんだし、親からもらった体なんだから、万一裸を見られたってどうでもいいや、恥ずかしいことはない」と開き直って歩き続けた。

「裸の王様のお通りだ」という気概があった。私の心が強くなければ、恥ずかしさのあまり立ち止まって途中でしゃがみ込んでしまうか、逆に相手に危害を加えていたかもしれない。

私は自分の精神力で、自分をコントロールしようとした幻聴・幻覚に正しく対応し、見事にはねのけたと思っている。

それから先続く闘いも、全く別種の体験であり、同じことは二度と起きなかった。私は一つ一つの戦いに勝っていったのだ。

さかのぼれば、幻聴・幻覚が始まり出してしばらくの頃だろうか。今思い出すのは頭の中に発振器が埋めこまれ、いろいろとコントロールされているような感じがあったので、家元に頭の中を開いて発振器を取り出してほしいと話した記憶もある。

その頃からすると、幻聴・幻覚は相当進んできていたのであった。一日一日が死との戦いであったとは、今だからこそ言えることだ。

霊界通信④

昭和五二・三・一七

真っ暗闇の世界。ただ一人座っている。

周りで大勢の声がする。知っているような声も聞こえてくる。

無数の人の声だ。何だろう。まるで蛙の大群が鳴きわめくような、亡者の声だ。何を言っているのか、何とか理解できそうだ。

「あいつには恨みがある。目を突き刺してやる」

「いや俺は耳をちぎってやる。それもじわじわとな」

「俺は気にくわなかった。手の指を一本一本、折ってやる」

何を言ってるんだ。私にはそんなことをされるようなことをした覚えはなかった。狂っている。そうは思っても、こちらの体は縛られたように動かない。逃げることもできない。

恐怖で泣き叫びたいけれど、夜だし、周りに迷惑だし。（家族が寝ているという意識がどこかに残っている。……やはりおかしいんです！）

これに輪をかけて「俺はいつも思っていた。上大田にどう仕返しできるかと。これ幸いだ。足の関節を、じっくりと折ってやる。覚悟しておけ」。いったい何人の声が聞こえるんだ。怖い、怖い！　発狂しそうだ。延々と続く。痛みがそのうち襲ってくる。そのうち、恐怖と痛みが、あきらめと開き直りになった。「仕方ない、己の招いたことだったら甘んじて受けよう」「どうにでもしろ。殺せ」大声で叫んだ。

その瞬間、亡者は消え去った。恐怖の世界が消えた。

霊界通信⑤

昭和五二・三・一八

今夜も恐怖の声が聞こえてきた。今度は武器を持っている。

暗闇に白い光、刀だ。無数の白刃が取り囲んでいる。

昨夜、殺せなかった亡者の仕返しのようだ。

襲ってこようとするが、こちらも対決しようとして身構えるので、攻めてこられない。

しかし背中の方があくので、後ろへ回ろうとしている。

これだけ多数では、防ぎ切れないと思った。どうしよう。

その時、白い光が一瞬ひらめいて、亡者がひるんだような気がした。

私は「あっ」と思った。何か武器になる。その時ふと冷蔵庫の中の卵を思い出した。母はその時起きていた。卵を四個もらった。

私は卵を周りに置いた。置き場所を工夫した。縦・横・高さ、反応を確かめながら武器になるかどうか、いろいろと試した。

そして見つけた。私の周りの四方に正方形になるように卵を、とがった方を外にして置いたのだ。

卵の内側を正（生）、外側を悪（死）の世界と見立て、勝負を挑んだ。

途端に亡者の間から「しまった。もう攻められない。我々の負けだ」の怒号。

霊界での私の戦いに仲間はいない。一人で必死で恐怖と闘いながら、知恵と力を出し尽くし、死と戦わねばならなかった。そんな世界だった。

霊界通信⑥

昭和五二・三・二一

真っ暗な世界。今日（昼間）も私を殺そうとしている亡者が周りに無数にいる。

今までもそうであったが、亡者の性別ははっきりしない。しかし、男ばかりのようであった。

武器を持っている。刀だ。（不思議とピストルとか近代的な武器はなかった）それぞれが刀を持っていて、四方八方からじりじりと迫ってくる。

正面・横の敵は何とかなるが、昼間はこれまでのように卵は使えない。

本物の剣との闘い、つまり、死闘なのだ。私は今日はもう駄目だと思った。なぜならこれほどの敵に対して、私の方は全くの無防備なのだ。

止むを得ない、あきらめよう。

そう思った時、「死ね～」と亡者の一人が刀を突き刺してきた。もう最後だ。

その瞬間、背中に一人の女性が貼りついた。タマエ叔母さんだ。無言で刺され、私の代わりに死んでくれた。次の亡者が突き刺してきた。次の犠牲はトミエ叔母さん。

二人の顔ははっきり見えた。その後は次々と別の女性（顔を覚えていない）が背中に貼りついて私の代わりに倒れ続けていく。

「やめてくれ～」と叫んでも、殺す者、殺される者、延々と続いた。

私はどうしようもない中で祈っていた。私の代わりに死んでいく女性のために、きっと生き残って仇《かたき》を討ってみせる。絶対に許さない……と。

幽体離脱の世界だった。

昭和五二・三・二二

霊界通信⑦

友人の寺田と会って、談笑していた。ふと「寺田よ」と呼ぶと、彼が目の前から消えた。えっと思って「寺田！」と叫んだら、目の前に。「お前、何してるんだよ、寺田」と呼ぶとまた消えた。おかしいことがあるなと思い、何の冗談かなと思いながら再度「寺田！」と呼んだが、もう帰ってこなかった。

　その時、近くに「男の人が死んだ。あの人が三回名前を呼んだら死んでしまった。怖い。近づかない方がいいよ」と言っている人がいる。私は嘘だろうと思ったが、彼が目の前から消えてしまったのは事実なので、怖くなって人の名前を呼ぶまいと思ったが、そのような時に限って名前が出てくるものだ。ふと口走って、寺田とは別の人の名を三回呼んでしまうと、また周りから「死んだぞ！」と大声。私は苦しくなった。

　その時、巽《たつみ》叔父が出てきて、「憲男、俺の名前を呼べ。お前のことは小さい時から知っているから、そんなに苦しむな。少しでも楽になるなら俺の名前を呼べ。タマエ（奥さん）も先に逝ってしまったから、俺も生きてても仕方がない。タマエのところに行きたい。そして俺たちのことを覚えていたら祈ってくれ。お前のためなら本望だ」

「叔父さん、ごめん」

私は大声で泣きながらその通りにした。次は守叔父だった。「憲男、俺もいるぞ。巽兄と同じでトミエ（奥さん）も逝ってしまった。俺も一緒に行きたいから呼べ。頑張れよ」

小さい時から見守ってくれてきた叔父二人を死なせる苦痛は大変なものだった。

私は思った。大事な尊敬すべき人を殺してしまったから、もうどうでもよい、と。殺し尽くして、罪を償うために生き続けよう、祈り続けよう、と。思いつく限りの名前を呼んだ。そうなると姓だけでも、名前だけでもよく、出てくる名前の人間は次々と死んでいった。

一回呼ぶと死に、二回呼んで生き返り、三回で完全な死。四回以上呼んでも、もう戻らなかった。

限りない時間が過ぎていった。日本人だけでは終わらなかったと思う。また、今日の場面で死んでいった人は男性ばかりであった。

私は生きている限り、彼らに対して「全責任」を負った。

霊界通信⑧

昭和五二・三・二三

「地獄」にいる。エンマ大王がいた。

鬼のような人間のような姿をしていた（はっきり絵では描けない）。エンマである証拠に、周りには無数の鬼がいた。

私に対してエンマは「お前の性格を変えろ」と言う。何度もそう言い続けた。私は「わからない、どう変えろというのか、どういう風に」と聞くと、教えてくれない。

「とにかく変えろ」と言われた私は、「わからない、わかったところで変えられない。二十九年生きてきて、一生懸命生きた人生の証しだ。変えられない」そう言い切った。

するとエンマは「母を連れてこい」と言い、三匹の鬼が母をひきずり出してきた。

「お前が言うことを聞かないなら、母を殺す。よいな」

「私のことなのに、何で母を連れ出す。関係ないではないか。ましてや分からないことを教えてくれないで、一方的に変えろと言われても、おかしいだろう」と反論しても、エンマは言うことを聞かない。

母が言った。「あなたの人生を生きなさい。自信を持って。そのままでいいんだから」

エンマが宣言した。「母を殺せ」

ナタのようなもので、母は七回、胴体をブツ切りにされた。

血は出なかった。私は助けようとしたが、全く体が動かないので、泣き叫んだ。私は思った。今度エンマに会ったら殺してやる……と。

霊界通信⑨

昭和五二・三・二四

朝、「内田流総本部が火事」で、家元が二階から助けを求めている。「大田ちゃ～ん、助けてー」私は母に名古屋に行くから金を貸してほしいと言い、タクシーで空港に向かった。

霊界では私は鳥のように、ジェット機のように空を飛んでいて、オババ（名古屋の占いのおばあさん）が、私の首につかまって「振り落とさないで！」と言いながら、紙っぺらみたいに薄くなっている。

空港に着いて、航空券を買い、ロビーで待機していたが、ふと気づくとオババはいなくなり、最終便の飛行機も、すでにいなかった。

仕方なく明日発とうと思い、加治木の町にタクシーで向かった。夜になっていた。

幻聴・幻覚は「お前は生きていても邪魔なだけだ。死ね。帰るところなどないぞ」と言い続けている。錦江《きんこう》湾の岸壁まで行き、飛び込みたい衝動に駆られるが、かろうじて踏みとどまった。まだ死ぬわけにはいかない。

旅館に入った。食事を出されるが食べられない。

ウトウトと休んでいる時に、内田流の名取りやお弟子さんたちが続々と出てくる。

そして悲しげに「お別れに来ました」と言う。

その夜も眠れなかった。

霊界通信⑩

昭和五二・三・二五

午前十時、加治木の旅館を出て、歩いて空港に向かう。(約三時間もかかるのに、どうして歩いたのかわからない。内田流総本部の社中のみんなとは昨夜霊界で別れを済ませており、もう空港に行く必要もないのだが)

空港までの一路を、黒いカバンを持って行く。道路の左側を歩く時はカバンを左手に、右側を歩く時は右手に持って、バランスをとりながら歩く。そしてそのカバンの重さが、霊界と現世で犯した自分の罪の重さを示していたように思う。とにかく重く感じられるのだが、そのカバンを捨てるわけにはいかない。とにかく歩かねばならなかった。

そして一時間余りすると、左方向の山並みの頂上方向に、内田るり子家元と寿子さん(若先生)が出てくる。

「大田ちゃ～ん、頑張ってね～」「お母さん、あれで大田さんいいの？」「いいのよ、大田ちゃんはあの生き方しかできないの、素敵じゃない、応援しようよ」

「そうだね」

二人して「さよう～なら～」と言って消える。

何かが走馬灯のように回っている感じがしている。

それから一時間も歩いたであろうか。空港まではもう近いであろう。

空は真っ青に晴れ上がっている。

何も邪魔するものがなく、どこまでもスッキリした青空だった。

そこに突然、大きな大きな顔が見えた。

こちらを向いている顔は向かって左側（顔の右半分）が透明な般若（怖い）の顔。向かって右側（顔の左半分）は菩薩（優しい）の顔。

菩薩の顔の左側に、ニコニコ笑っている女性が同じ向きに見えた。

そしてその顔に向かい合って、無数の人の顔があった。まるで津波の如くに。

その中に、大きく浮かぶ男性が一人いた。

そしてその顔が消えると、大仏の像が見えた。頭の先から足先までビリビリと全身がひび割れている大きな大仏で、周りを人々が囲んでいる。

次の瞬間、今度はお釈迦様のような小さな姿が見えて、周りは人だかりがしている。みんなが手で触って拝んでいるのだ。そして消えた。

その後の記憶が全く消えてしまった。（まだ歩いているはず）

弟の話によると、この後は空港警察に私が来て、カバンを出して、出頭するような感じだったらしい。手帳がバッグに入っており、中を見たら鹿児島地方検察庁の上大田さんの名前があったので、電話をかけて弟に迎えに来るように言ってきたとのこと。弟はその途中で母に電話をして、鹿児島市内の横山病院に向かうよう指示。弟と私は病院へ。

午後四時頃だったか、入院した。弟によると警察の人が、私が空港へと歩いている姿を見かけていたとのこと。その後は本当に全く覚えていない。気がついたのは翌二十六日、横山病院の独居房の中であった。

『南無般若大菩薩』

「霊界三題」

一顔《いちがん》の
左菩薩に
誘われて
右の般若《はんにゃ》で
君守られむ

ひび割れし
大仏様の
姿見む
現世《うつつ》に生きて
霊となりせば

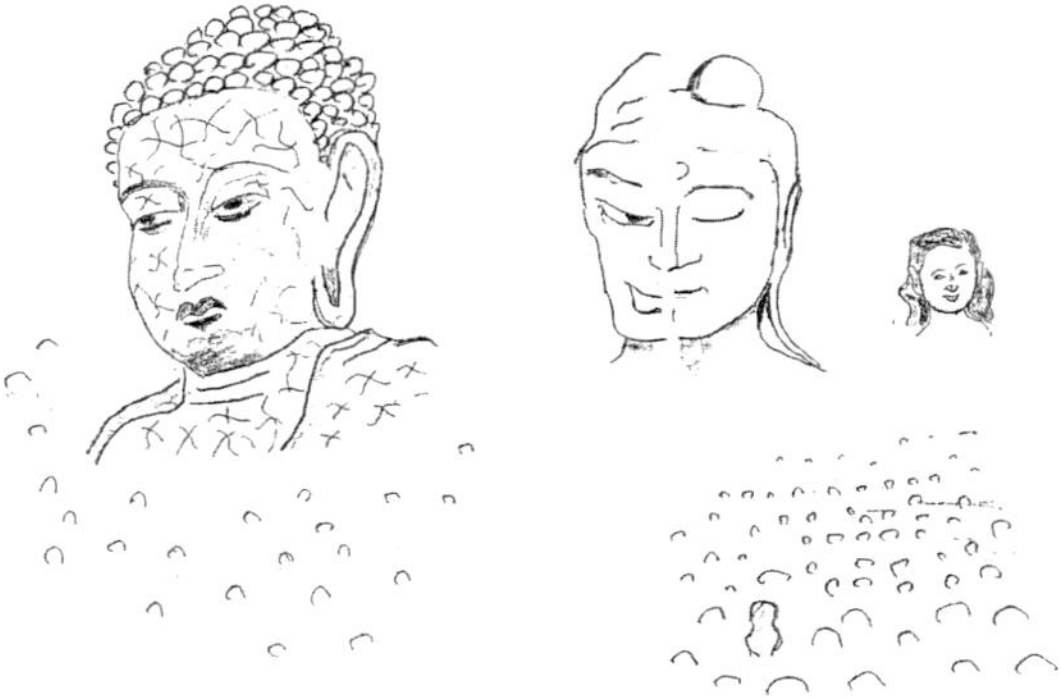

霊となり
お参りうける
姿あり
人の身近《みぢか》に
生きる小仏

二〇〇一・四・三〇
憲男（満五十四才）

第8章　社会復帰

1、体力勝負

昭和五十三年八月、思いがけない朗報が東京から舞い込んだ。東京の知人が、私が鹿児島に戻っていると聞いて連絡を寄越してくれ、営業で人がほしいので、上京しないかと言う。

私は母のもとで、鹿児島で生きようかとも思い始めていたが、そうはいっても仕事がなかった。結局、母と相談して、思い切って誘いに乗ることにした。もちろん体はまだ本調子ではない。相変わらずだるいし、目の調子も良くなかった。それでも私は負けたくなかったのだ。

九月に上京・入社。早々に長野県諏訪市の代理店担当となり、約半年間、毎週月曜日の五時起きで、一トントラックに商品を積んで、勝沼までは中央高速を、それから先は国道を一路西へ。週中《しゅうなか》には代理店の営業の人と同行営業、泊まりはビジネスホテル。そして週末は空になったトラックで帰るというスケジュール。

当初、朝早い時は眠かったり、抗精神薬のために目にストレスを感じて、居眠り運転もよくやった。中央高速を走っている時、併走している大型トラックの運転手さんから大声で呼びかけられて、危機を脱した時もあった。

秋口から初冬にかけては季節も応援してくれるので体には優しかったが、冬ともなると雪との闘い。雪道の経験のない私は、チェーンを装着したまま、午後には融雪の道を走り続け、チェーンを断ち切ったこと二度。真夜中の信州の雪の峠越えで、タイヤをアイスバーンにとられ、三回転して谷底の方でなく、山沿いの側溝へ落ち、三時間かけて車を元に戻したことなど、車との歴史はいろいろある。それもやはり体調に起因していたようだ。

しかし私の生き方は、あらゆる抵抗に自ら挑み続け、克服していく道しかない。もし心が負けていれば、命はその時に尽きていたろう。永遠にチャレンジするという気持ちがその時に芽生えてきたのは、それまでにギリギリの命のやりとりを何回も繰り返して生き抜いてきたからと言える。その先に、未来があるのだ。

2、母との別れ

上京して以来、母は心配してまめに手紙をくれた。翌年の五十四年十一月二十六日にこの世を去るまで一年有余。この頃の手紙が残っているが、一番密度の濃い時期であったと思う。この頃の母のことを書いた随筆を添えてみたい。私が今同居している叔母夫婦の結婚式が五十四年四月、この時の母はやせていて見るも痛々しい。それからしばらくして入院。私は弟から連絡を受けて、六月に十日間帰省。八月には危ないということで、また十日間帰省。この時は夏休み中で、東京から新幹線の乗り継ぎで八代まで立ちっ放し。さらに母の亡くなる十一月に十日間帰省。この年は合計三十日間も鹿児島に戻り、母のもとに急いだ。

秋には、もう駄目ということで、母本人の願いもあり、実家に戻っていた。息を引き取るまでの二日間、枕元で付き添った。弟を含めてこれまでにないような、静かな時間であった。残りの一日は母の声も聞こえなくなった。

弟と二人で「お母ちゃんの声をもいっど、聞こごちゃっね」と話していたところ、私たちは聞こえていないだろうと思っていた母の眼元から涙が一しずく落ちてきた。母には聞こえていたのだ。ただ体力が落ちているので、自分の方からは発信できなかったのだ。この時点で、もう永遠に話を交わせないのだと、急激に寂しさが兄弟を襲った。それから数時間、ある瞬間に母の呼吸が逆息《ぎゃくいき》になった。私はこれを見逃さず、みんなを枕元に呼んだ。まもなく母の呼吸が止まり、脈も絶えた。午後四時ちょうどに、母永眠。

苦労ばかりの人生であった。私たち兄弟にとって、母は父の代わりもしていた。どこまでが親孝行で、どこからが不義理になるのかは永遠のテーマであるが、それはやはり誰もが親を亡くした時に等しく感じることであるらしい。私が地元にいられなかった時間が長いだけに、弟が母の身近にいてまめに面倒を見てくれて私とも連絡をとってくれていた。そういう意味では、弟を通して母の意志を感じることもある。事実この後、弟は、私のことにまた巻き込まれることになるのである。

亡き母に捧げる

上大田憲男

昭和五十四年十一月二十六日、母逝く（当年、五十四才）。父と死別してからちょうど三十年後であった。

硫黄《いおう》島を生き延びて帰国した父と出会い、結婚したのが昭和二十一年。二人の間にもうけられた私たち兄弟を含めて、四人の家族の絆は昭和二十四年九月四日の父の死で崩れ去った。

それからの母の人生は常に私たち兄弟のためだけにあったと言っても過言ではない。もちろん父母の実家からの援助も大きかったであろう。

父の死後、母は私たちを連れて実家に帰り、残された人生を私たちに託し、夢を描いていた。厳しい母であったし、またその反面優しい母であった。母の厳しさとは、父の意志も加わったかのように心の奥底に潜む芯の強さであった。優しさとは特に、象徴的に対人関係に表れた。つまり、いついかなる時、どんな人にも柔和に接し、礼儀に厚い女性であったと私は自負している。

極論すると自己に厳しく、外に柔軟な、温和な性格だったと言える。その母が、死につながったと思える直腸ガンを患い、入院・手術したのが昭和四十四年十月。その時すでに医者は母のガン病巣発見の手遅れを指摘し、身内の者を呼び寄せるようにと弟に伝えた。当時私は学生であり、熊本に住んでいた。入院までのいきさつや入院の世話はほとんど弟が一人で仕切っていた。

私は母の手術前に立ち合い、手術後の付き添いをしばらくした上で、また郷土から離れていった。生前の母の気持ちとしてはやはり、私をそばに置きたかったらしいが、私の性格や私の道を信じてくれたし、ほとんど恨み言一つなく送り出してくれていた。

手術は成功。退院後、母は体の回復に努めたが、腰椎ヘルニアや他の病気を併発し、もはや元の元気な母ではなかった。昭和五十四年までの十年の間に病院との間を往復し、時には誰に話すこともなく腰痛の激しさに一人で耐え続けていたらしい。しかし、その間、病気の治療のみに追われているほど、余裕のある母ではなかったし、生来、責任感の強い、固い意志の持ち主である母が、同居している祖母等を放っておけるはずがなかった。

農協の澱粉《でんぷん》工場へ、季節を追って働き続けた。事務に堪能である母は職場で大いに喜ばれ、大事にされたように聞いたが、そこはまめな母のこと、力仕事の手伝いも自ら進んでやり、自分の体を酷使し続けていたのではないかと私は思う。自ら苦労を求め続ける母であった。

弟は私と違って、母の近くで暮らし続けていた。母の健康に気を遣い、何かあればすぐさま駆けつける弟。私が鹿児島を離れているために、その重荷を一人で背負っていた。近くにいればこそ、いかに気丈な母といえども「愚痴」も出よう。それを弟は受け止め、母の子供としての努めを十二分に果たしてきてくれた。

私にとっての弟は、マイナス分を補って余りある力強い存在であった。私が今日元気にしておられるのも弟が郷里にいて、母をはじめ実家の面倒をまめに見ていてくれたことに尽きる。母がいて、弟がいて、実家があり、郷里があった。その母の回復も思わしくないままに、昭和五十四年を迎え、弟から母の再入院・手術という連絡を受けた。最初は手術の予定であったが（検査の結果、胃ガンが検知されたので当然のことではあったが）、食欲がまるでなく、口から入るものは流動食以外に受け付けるものはなくなっていた。代わりに点滴を一日に四、五本も打ち続けながら、その生を長らえ、再度回復を待って手術に向かおうという狙いがあったが、日増しに激しく衰弱していった。

母の体調の急激な悪化は、東京で働いていた私への弟からの「まず駄目だから覚悟して帰ってくれ」の一言がよく示していた。ここでも弟が頑張ってくれていた。

妻と長男を同行し、また一人で住居と病院を連日、車で往き来していた。一方、母はというと痛みに耐え、苦痛の何たるかも知らぬげに、私が帰省して病院を見舞うと、談笑してくれた。

母はすでにその時、死を察していたらしい。自分が十年余計に生を拾えたことに感謝し、死からの逃避や恐怖は毛頭考えていなかったように私には思える。母は入院後、四ヶ月を病院で過ごし、実家に帰った二日目に、まるで寝入るかのように皆の目の前で息を引き取った。

ひとしずくの涙とともに――。私は母の入院から死までの間の三十日間、母のそばに付き添った。母と私の話は淡々としていた。母の意志の強さが二人をそのようにさせていたのである。

自分の死を静かに見つめ、自分の好きな菊の花で飾ってほしいと願い、私への「遺言」も託していた。

第三者には何のかかわりもないことかもしれないが、今の私の人生に母は非常に重きをなしている。「あなたが大黒柱にならんとね」と言われたことがあった。具体的にどのようにしてほしいとは母は言わなかっただけに、この言葉の意味は私にとっては生涯、母から私への「夢」を託したものと受け止めていきたい。

母が昔、私に送ってくれた手紙の中に、毎日のほとんど夢ばかりで実現できそうもなかった生活の中で、私たち兄弟を「優れる宝、子にしかめやも」という詩に託し、私たちへの夢を語っていた。その母が逝ってしまったのだ。

今、母はやっと父と二人で静かに二人だけの生活を楽しんでいるのかもしれない。その二人の眠る故郷、鹿児島へと思いがつのり、大いなる大地として浮き上がってくる姿が私の心には明らかに見えている。私を育て、はぐくんできた母の霊の待つ土地の懐かしさ、私の代わりに、母とともに家を守ってきた弟の待つ鹿児島、その他多くの語り得ぬものが、今私を鹿児島へと魅きつける。「母の死」とともに「私の人生」に母の夢が大きく乗り移ってきたようにも思える。母が男であったならと思う。たぶん私なんかが足元にも及ばない男だったかもしれない。

私に大西郷の「敬天愛人」への第一歩を教えてくれた祖父。その実践を女として成し遂げてきたような母。その母を助け、私をも支えてくれている弟。みんなが鹿児島で待っている。私の立っているところは今、まさに鹿児島である。私はこれからの誇りある薩摩人として、また一人間として、立派に生きていきたいと思う。

（昭和五十七年八月「月刊かごしま」に発表）

3、再生への起爆剤

母を眼の前で看取ったためか、兄弟して母の夢を見ることもなかったが、私は上京してからも、母と弟のことが懐かしく、郷里を想うことが多くなっていた。そんな時に「月刊かごしま」の存在を、関東鹿児島県人会連合会の大会の折に知ることになる。編集兼発行人は東京都新宿区の谷口純義さん。早速、連絡をとって訪問。何度かご夫婦とお会いして家族同然の関係となった。そのうちに谷口さんから原稿を書いてみないかと声をかけてもらい、思い切って書いてみることにした。

当時私は迷っていた。自分の過去を隠しているようで、こそこそと生きるのはあまりにつらかった。しかし、自分をさらけ出すことで、次のステップへつながるのではないかと考える。そんな時であった。渡りに舟。当時の雑誌は全国に読者が四千部ぐらいいる郷土誌。それでも私にとっては冒険であった。昭和五十七年から五十八年にかけて四部作を書いた。この本に掲載している①「大西郷私淑論」、②「亡き母に捧げる」、③「未来への提言」の三部と、原稿も掲載誌もなくしてしまったが、④「松下政経塾を訪ねて」の四作であった。それぞれが原稿用紙八枚ほど。

飾ることもなく、その頃の私の心を素直に伝えている。しかし正直にお伝えすると、二十数年経っている現在の心境も、まさにその頃のままで、私は心と肉体の精進のためにさらに磨きをかけたいと思っている。そして作品のコピーをことあるごとに、「アドバイスをいただきたく」というメッセージを添えて、全国のいろんな方に差し上げてきた。

私は自分の人生から逃げたくなかった。いや逆に、積極的に積み上げていきたかった。谷口さんはその意味でも私にとって貴重な存在となってくださった。随筆の反響はいろんな形で表れた。好意的な方もいれば、反論される方等いろいろだった。もちろん私にとっては全てが吸収しなければならない材料であり、とてつもないエネルギーを支えるための、現在の私の原子母体となり得た。もちろん、急にそうなったわけではない。その後の私の歴史の積み重ねを語らなければなるまい。

未来への提言

上大田憲男

昭和五十二年三月二十五日。精神・神経科の「横山病院」に入院。その日まで幻聴・幻覚に悩まされていた（もっとも私自身は楽しんでいたきらいもあったが）私は、安定剤の服用でその翌日には元のすっきりした精神状態に戻っていた。しかしながら精神は回復したとしても、体は安定剤のために重く、自分の体を動かすのがおっくうで、すぐにでも寝転がりたい、という欲求に襲われていた。

五月二十五日の退院までの二ヶ月間は「けだるさ」と、早く病院を出て社会に復帰したいという「焦り」との闘いであった。私は退院したいがために主治医、看護師、それに見舞いに来てくれる母と弟に、自分がいかに回復できたかということを訴え続けた。

私の気持ちに反して、母と弟は非常に苦しんだ。本当に回復したのかどうかが私以外にはわからないから、もし退院でもさせて、またすぐにでも再発入院ということになれば大変だ、という思いであったようだ。

私の説得で無事退院。さて、その後が順調かつ無事かというと、そうではなかった。「けだるさ」から解放されなかったのである。もう一つ困ったことに目に疲労が来ており、物が二重三重に見える。朝昼晩三食後の安定剤服用と夜の睡眠薬の服用により、体調は思わしくなかったのである。私は意識して、まず朝のみ服用をやめ、次に昼の服用もやめた。これに一年有余の歳月を要した。体の変化を見ながら、自分なりに試みたのである。

昭和五十三年九月二十五日、知人の要請により上京。それまで私は早く働きたい、母と弟にこれ以上の迷惑をかけたくないという気持ちで、新聞広告を見ては鹿児島市内の会社に応募、何社かに採用され、勤務はしたものの、長くは続かなかった。私にとって肉体的、精神的試練の時期であった。自分が社会的に抹殺されているように感じていたし、また自分自身の生存すら疑いたくなるほどのつらさであった。しかし私を見守る母や弟、それに叔父をはじめとする一部の人のために一日も早く立ち直り、元の元気な自分を示したかったから、頑張ってきたのである。もう一つ、自分の夢を捨て切れなかったということもあったが。

入院までのいきさつを振り返ってみて、私なりに確信をつかみたくて、記憶をまとめて、今こうして公にできるほど、現在の私は強く生まれ変われたという自信を持っているのである。

幻聴と幻覚は、人間がその人の存在を通して極限にまで追いつめられた時に起こると思われる。ノイローゼから出発して人間が本来的に持つ二極分離（善と悪）の形をとり、表面上は精神分裂症（統合失調症）として表れる。もちろんアルコールや麻薬等による物理的な刺激が、人間の二極分離の性格を急激に推し進めることは、今日の社会情勢下で起こる精神障害者による数々の事件にはっきりと示されている。

自分の経験から話してみよう。まずあなたが人通りの激しいところを歩いていたとする。するとあなた以外のすれ違う人、追い越す人、肩を並べて歩いている人が全て、あなたに向かって「お前は素っ裸だ、恥ずかしくないのか。死ね」と激しく語りかけてくる。そう、幻聴なのだ。そのうちにそれらの人が、口だけではなくて、あなたの目を見て公然と罵り出す。幻覚も始まった。あなたは最初のうちはそれを聞き逃すことができるほど余裕がある。まだ正常に近いからだ。しかし歩けば歩くほど、誰もがあなたを見て同じことを言い、同じような動作を示すのだ。あなたは不安になり、ちゃんと服を着ているのに、自分は裸ではないかと疑《うたが》うようになるのだ。

そう、疑がい始めたら最後だ。あなたは次の動作に入る。まず「聞きたくない、うるさい」という思いでその場から逃げるのだ。

ところが幻聴と幻覚は誰もいないところでも追いかけてくる。今度はあなたの知っている身近な人の声で、顔で、夜も昼もなく、追いかけてくる。あなたは逃げられないことを悟る。さて、そこから、人間の持つ二極分離による行動をとることになる。まず悪の心に立つ攻撃型心因は、自分を馬鹿にし、罵っている人を殺せば、幻聴・幻覚から解放されると信じてしまう。これが一時期社会をにぎわせた事件の真相に重なると思われる。

逆に善の心に立つ守備型心因は、自分に対する圧迫から逃れる道を、自分の命を断つことで解決しようとする。自殺である。最後の心因として、どのような条件下でも左右されない自己管理をするという厳しい道がある。しかし、この生き方は天寿を全うするか、他者から殺害される道である。

いわゆる死とは、四つの局面で考えられるのだと思う。人間にとって死は必然的な事実である。この事実から目を背けることはできない。人間、極限にまで追いつめられた時にする動作は、その時にしか判断できない。心の奥深くにしまわれている深層心理が突如として表れるのである。人の一生の起伏は、本人が求むべくもないのに、他人の思惑で、科学の弊害としての部分で、人間の心域を侵してきている。しかし二極分離が始まろうとする時、また始まってからは、現状ではやはり科学の力に頼らざるを得ないような気がしている。

しかし「科学漬け」というのではなく、初期治療として科学の力を借り、最終的には人間の本来持つ二極分離が決定的なまでに追い込まれないように配慮される大自然の恩恵がなくては、その病は絶対になくならないような気がしてならない。

私が今整理して公言できることとは、「大自然と科学の調和」ということである。これなくして人間一人一人の未来はない。ましてや家庭、社会や日本、世界の平和など絶対に訪れるはずはないと思う。コンピュータを操作する唯一の存在である人間の力を用いれば、全てを破壊することさえできるのである。それほど社会は危機的側面を呈してきているのである。

「南無般若大菩薩」

霊界三題《れいかいさんだい》
一顔《いちがん》の　左菩薩《ひだりぼさつ》に　誘《さそ》われて
右《みぎ》の般若《はんにゃ》で　君守《きみまも》られむ
ひび割れし　大仏様《だいぶつさま》の　姿見《すがたみ》む
現世《うつつ》に生きて　霊《れい》となりせば
霊《れい》となり　お参《まい》りうける　姿《すがた》あり
人《ひと》の身近《みぢか》に　生《い》きる小仏《こぼとけ》

人が本来持つ二極分離により悪の心因・行動に対しては厳しく監視し、戒め、責任を必ずとってもらう。善の心因に対しては救いが用意されていることを理解してもらう。少なくとも私たちの身近で、精神病による――もちろん精神病らしく振る舞うものも含めて――事件など絶対起こさないよう、お互いに思いやりや感謝の心で毎日を送っていただきたいと思う。

本人の自覚なくして精神革命は起こり得ないし、その自覚を目覚めさせる機会に多く触れなければ、少なくとも私のかいま見た霊界は、絶対に逃げることのできない地獄であり、本人はもちろん、痛ましいのは本人に悔悟の気持ちが心底表れない限り、家族、親せき、友人、知人までが犠牲になることを強いられていくのである。

人の一生は一度だけである。一度の失敗のために身近な人を地獄に突き落とすことだけは絶対に避けなければならない。それが、社会に及ぼす影響があるとすれば尚更である。私たち一人一人が、本当の自己管理の厳しさを得て、悪の弊害・心因の除去に積極的に取り組まなくてはならない。

これで、「未来への提言」として、「大自然と科学の調和」と「道徳を基調とする真理の探究」の二つを掲げて現世と霊界をさまよった苦い体験をレポートする本項を終えることにする。

（昭和五十八年一月「月刊かごしま」に発表）

4、成長期の会社にあって

神奈川県に落ち着き始めて、仕事も過渡期に入っていた。精密電子部品の製造と販売に関わり、関東近辺のユーザー開拓とフォローに当たっていた。そこに北海道室蘭市への工場進出の話が出て、私も関わることになり、二年後の工場稼働を目指して、人材を道南地区より採用することとなり、高校、専門学校、大学と求人に走った。第一期生は三十二名採用、入社研修を計画し、体験合宿として鎌倉建長寺での三泊四日の座禅研修等のアイデアを練った。

前線営業をやっていた人間が総務人事をやるのだから試行錯誤。やっとの思いでやり遂げ、彼らをそれぞれ配属された部署へ送った。若い力は素晴らしかった。三分の一は優秀で、三分の一は普通、三分の一は退職となったが、それは建長寺で研修をしてくださった和尚さんのおっしゃる通りの結果であった。見事に的中していた。やはり見る人の眼は違うものだと思った。

この年、私はアメリカに二週間、CAD研修に行かせてもらった。今まで病気のこともあり、海外を嫌っていたが、思い切って実現させた。最初の一週間は同行七名で、東海岸のCADメーカーを視察。残り一週間は単独でだったが、西海岸ではブロークンな英語が通じるわけはなく、日系三世の方の力を借りて視察。初めての海外旅行ということもあったが、私自身の性格もあってか、すっかりアメリカに引き込まれた。食欲も旺盛、現地の人とも仲良くなったりで、二週間が過ぎて帰りの機内で体重を披露し合うと、私一人だけが三kg増えており、他はやせての帰国。冷やかされたものだ。

当時の会社は社長が一回り年上で、他の経営陣は若手主体だったので、ある意味活気があったし、そこへ中途入社の私でも十分受け入れてもらえる要素があった。私の扱った商品の中でもこの業界が一番長く、一番知り合いの多かったところでもあろう。皆さんが使っておられる電子機器の部品であるコネクターは、全ての人にご縁があるのではないか。今この業界にまだご縁をもらっているありがたさを感謝している。また、友人たちに尊敬の念を捧げたい。

5、松下幸之助翁＝ＰＨＰとのご縁

昭和五十四年、私は「ＰＨＰ」誌を手に取っていた。「素直な心で、平和・幸福・繁栄をもたらそう」のスローガン。何だか心魅かれて「ＰＨＰ友の会」活動に参加。勉強会、ボランティア、パーティー、研修など、さまざまな催しに参加した。その中で幸之助氏の志にとらわれ始める。全国大会も開かれるようになり、思いがけず、開始からしばらくしか出席されなかった幸之助氏の近くまで接したことがあった。言葉は交わせなかったものの、私の心と肉体に少なからず衝動が起きたものである。

その時は気づかなかったが、あとで手紙をいただいた時に理解できた。私は氏に手紙を差し上げていた。もちろんお忙しい人だから返事は期待していない。できうれば私のこと――こういう考えや思想なりを持ったこういう男がいるのだということを、頭の片隅に入れてもらえればという思いで、手紙を出していた。

ところがである。丁寧に氏の言葉でワープロで清書して、自筆で署名した二枚の便箋が送られてきたのだ。私はすごくうれしかった。天下の松下幸之助から手紙をもらったのである。現在に至る私の歴史の中でも、特筆すべきことであり、私はその頃から機会を得ては、いろんな人に私の随筆など添えて助言をいただきたい旨の手紙を出していた。それは今日までずっと続けている習慣である。たぶん〝被害者〟は全国に無数におられるだろう。しかしほとんど返事はもらえない。

その中で松下幸之助氏は、私の如き無名の士に一筆書いて出してくださったのである。ある人に言わせると「忙しい人が返事を出すこと等、期待する方が無理」とのことだが、私は気配り、心配りの問題だと思っている。手紙など全部読まなくともその人の心は大まかにわかる。それに返す内容があるのかを考える作業があると思うが、氏はそういう意味では「素直」に人の好意を受け取っていたのではあるまいか。私がこの匂い、香りを過去に感じたのは二人のみ、氏と西郷さんだけである。

なお、松下幸之助氏は手紙の最後で「ＰＨＰと松下政経塾を見守っていてほしい」と結んでおられた。

6、独立起業

平成元年四月、「有限会社テクノロード」設立。人材派遣と請負業でスタート。前職の時、得意先の管理職から「上大田さんがやってくれる会社だったら、人を受け入れていきたい」との誘いもあり、できれば前職のグループとしてやりたかったが、かなわずに独立したもの。しかし半年間は社員に恵まれず、細々と一人で準備、資金を食いつないでいた。社員が一人、二人と増えていくごとに、顧客も増やした。これまでは管理職も経験したが、中小企業の決定権のない立場の管理職でしかなかったので、独立して全て自分で決定できることの面白さと痛快さに驚いた。

私の性癖で、営業的に攻撃することは得意であったので、顧客の開拓は信用して名乗り出てくれるところが少なからずあった。ただ困ったのは希望する人数と能力の社員がなかなかそろわないし、育てられなかったことだ。採用する時に、この人は！　と思っても期待はずれだったり、思いがけず「お買い得」だったりと千変万化《せんぺんばんか》であった。

やはり一番ショックなのは採用して、寮の必要な人間に手当てしたのはよいが、荷物を運び込んでも仕事に出てこないで、最終的にクビにして退寮（借りアパートから退出）してもらったが、権利金は返ってこなかったりと、だいぶ〝投資〟もさせてもらった。その一方でうれしかったのは、月一回のミーティングで社員の若い人たちから、「良い会社に入れてうれしい」という言葉をかけられる時だった。お世辞とわかっていながら、柄にもなくうれしいものである。

その会社には、独立するまでに経験していた全ての知恵を注ぎ込んだが、理想論に走るあまり、私の性格の甘さから、厳しい現実を見せられることになるが、発足当初は、社員みんなとワイワイやりながら仕事、旅行、カラオケなどを一緒にしたものである。

独立起業してわかったのは、私にとって経営とは冷徹にならねばならぬということであり、この課題は私にとって守り通す自信がなく、独立企業というのは、私にとってはもう二度と「通ってはならぬ道」だと考えている。

第9章　統合失調症再発

1、幻聴・幻覚の再現

油断していた。自信過剰であった。当時の私は仕事の忙しさもあり、あれほど気をつけていたのに、夜のみ一錠の安定剤を飲むのをたまに抜くようになっていた。正業の資金繰りの苦しさで、社長業をやりながら、知人の会社の車部門のフライス加工の手伝いに朝早くから出かけていた。その生活のストレスが服薬の習慣を破ってしまったのだ。正月を挟んで、知人の中学三年生の娘さんの家庭教師を始めた。この頃から幻聴・幻覚をまた見るようになり、勉強の帰りに車で彼女を送っていく時など、また昔の亡霊らしい姿が現れた。

表現するのもはばかられるが、「Kの科学」関係や「S学会」関係の亡霊との闘いがあったが、その世界で私は生き続けてきた。今現実の世界では両会とも連絡を取り合う仲であるが――とりわけS学会の方とは会友として応援させてもらっている仲だが――当時の霊界のことを考えると、今の良好な状況は「えっ、何で?」ということになるかもしれない。

前後して世界では湾岸戦争が始まり、当時の海部首相も対応に追われていた。その時、私もいても立ってもいられなくなり、海部首相宛に手紙を持ち込んだ。「イラクのフセイン大統領は平成のヒットラーだから、決して許してはならない。この機会を逃すと必ずまた世界を震撼させることになる」と書いた手紙だった。ご本人に届いたかどうかはわからない。私は自分の責任を果たすんだと、おかしくなっていた頭でそう信じ込んでいたのだ。

この頃の私を見かねて弟に連絡してくれた友人(恩人だと思っている)がいた。そこで弟が上京。友人の話によると弟は入院のことなどを私に話したようだが、冷静に話してくれても、当時の私には通じるわけがない。私は怒鳴り続けていた。「怒鳴られている弟さんは見ていて可哀想だった」と、友人は証言した。神奈川県大和市の大和病院へ、平成三年三月九日に入院。私の二回の入院に弟は二回とも立ち合ったわけだ。
ひどい兄がいたために精神的にも肉体的にも苦労をかけた。

2、入院生活

また、である。入院翌日は元のスッキリした状態に戻っていた。二度と経験したくないと思っていた「日常」がまた襲ってきた。私は自分の馬鹿さ、愚かさを嘆いた。確実に体力も落ちていた。体のだるさと視力の低下はやはりこたえた。入院生活は二度目のことだから自分のペースはつかめたが、外の社会のことが気にかかる。

会社のことを放るわけにいかないので友人に聞くと、弟の方から社員各位に「社長は体調を崩して、しばらく鹿児島で療養する」と伝え、入院中の二回の給与支払等は弟が上京して代わりにやってくれたとのこと。

私は幻聴・幻覚に襲われている時には、敵がはっきりしているし、闘って勝っていかねば先がないので、今日も闘いが始まると思うと、風呂場に行って素っ裸になり、水を頭からかぶり、心身を清めた上で、いつどんなことがあっても潔く死ねるよう準備をしていた。

その私が現実には、潔くどころか薬でコントロールされているのである。そして私はのうのうと入院していられる状況ではなかったのである。社員はみな他社へ派遣しており、私の会社の内実を知る者は一人もいなかったが、経営は火の車に陥っていた。それも当事者でありながら私は手も足も出せないのであり、結局、弟と友人が代わりに手を打ってくれていたのであった。

それにしても、弟は経緯を知らず、実情も知らずに話を受けたわけだから、大変だったろうと思う。この時私は弟に、多額（弟が家を建てるために積み立てていた）のお金を立て替えてもらっていた。

入院中はそれも知らされぬまま、ただ少しでも早く退院したいと焦っていた。

初めての入院の時は、何から何まで初めてだったから焦ったとしても仕方がないが、二回目は落ち着いていてもよさそうなのに、そうはなれない。その人にとって良かれと思うこと、快いことなら喜べるが、こと不祥事となると、先行き心配事だらけで不安に襲われる。一度あったことは二度あり、三度目があるのか、三度目の正直となるのかと思ったものだ。

3、会社清算と借金

四月二十七日に退院。正直なところ、私は会社を続けたかった。しかしその可能性は全く残っていなかった。「会社を清算しよう」と思ったのは、弟から「兄貴、会社をやめるのも勇気だよ」と言われたから。それで、最終決断した。懸案事項は二つ。担保に入れていたマンションの転売と社員の処遇だった。マンションは、バブルがはじける前の好運な時期だったので、思いの外高値で売れた。社員は一部は退職したが、残りのみんなは派遣先との協議の結果、受け入れてもらえ、転籍となって無事解決。できるだけ周りに迷惑をかけまいと思っていたので、一通り安心できる結果となったが、弟への借金だけは残された。

弟はいつでもいいよと言ってくれたが、そんなことは許されないと思っていた。しかし退院してすぐの人間に、借金を返せるほど条件の良い環境が来ると は思えないのも事実だった。弟が家を建てるという夢をつぶすことになるのか と暗澹《あんたん》たる気持ちであった。しかし私には反発のエネルギーがあった。弟に苦 しみを与えた責任は、この身体で背負っていかねばならないのだと強く思った。

この年、私は「PHP友の会」全国大会の実行委員長の任を受けていたが、 これも入院とともに弟の判断で「急病で帰郷」という名目で連絡先不明となっ ていた。一ヶ月半の留守期間に委員長を改選という話もあったようだが、私の 退院を待って、病気療養ということで委員長が別の人に代わった。その時の横 浜大会は記念すべき第十回大会でもあったのだが。

このような事実を悲運ととらえるか、転機ととらえるかにより、人生が変わ る。もちろん、本人にとってはお先真っ暗の人生なのであるが、私にとって幸 いだったのは、何度も言うように反発心、チャレンジ精神、自分の人生に対す る自信がいついかなる時も、心の奥からムクムクと闘争心となって頭をもたげ てくることであった。桜島の水面下に隠されたマグマが大溶鉱炉であるように ――。

第10章　幾度かの転職を経て

1、心身能力

退院後の二年間は病後の安定剤の影響に支配されたと思う。その時を過ぎると薬も身体になじみ、通常の生活が送れていた。

私は二度にわたる病気の体験と、病気克服後に経験する社会生活で、少しずつある確信を抱くようになっていた。霊界体験が現実の世界であり、それが形を変えて私たちがふつう現実と思っている世界でも再現されていくように感じられてきたのである。つまり、何も幻聴・幻覚の世界だけが病気ではないということである。

最初に、霊界では私を支配しようとする敵、危害を加えようとする敵、命を取ろうとする敵との闘いであったが、現実の世界でもそこまで強くはないものの、阻害されそうな場面は幾度かあった。もちろんそれは私が全て正しいからと断じるつもりはないが、自分の弱さを見せると、それにつけ入り、あくまで執着的に狙ってくるのである。しかし私はその時にも、あえて抵抗はしなかった。正直言ってアホらしかったのである。

敵の弱さを見切っていて、そこを攻めることで相手をつぶしても、後悔の気持ちが残るだけで、私が行動を起こさなくとも、「敵」はいずれ自滅する姿が見えていたような気がする。事実、私の関わった会社で、実際にそんな例もあった。リストラも経験した。リストラの直前や直後はこれからどうなるのだろうと不安になったものだが、次の瞬間には「どうにかなるさ、天が見放さなければ」と思い、心が奮い立ったものだ。

身体面では年を取るとともに、いろんな病気を背負い、体力が衰えてくる。もちろん私も例外ではないが、病気を知ることで仲間が増える。共同意識が芽生えるのだ。自分の心と身体を使って同志を増やそうと思った。

私は自分の欠点をさらけ出すことも、目的を果たすためにはためらわないことにした。地獄まで体験して残されたものは、いつでも身一つ、一人に帰れる強さを持てたことだと思う。しかし、この世の中、「おかげさま」で成り立っている。その社会を誰にとっても「優しい」ものにするために、これから「一人でも立つ」勇気を与えられたと思う。

2、借金返済

私の人生はあまり金には縁のない経過を辿っている。しかし金だけに限ると二年間だけ恵まれた時期があった。少なくとも当初は社長に認められ、その時の収入で、弟に対する借金を一気に返すことに成功したのである。この時は素直にうれしかった。ただでさえ弟には迷惑をかけていて、どちらが兄かわからぬような関係であったから、予定より早く、思いがけなく返せる時が来たのは本当に安心した。ところが弟は「兄貴、もうこれ以上、金を返さなくていいよ」と言う。私はすごい弟に恵まれたものだ。

私が転職せざるを得ないのは、働き始めると、ある人を選び、「その人のために何かやってやりたい」と思い込んでしまう性格のためだと思う。これはやはり危険が大きすぎる。つまり、自分がその人に対して求める理想像と、現実の人格とではギャップがありすぎるのである。それと、我ながら弱いと思うが、その人に頼ろうという気持ちがどうしても出てしまうのかもしれない。自分の力でとことんやり遂げようという気持ちがあれば、状況を改善することもできたかもしれない。

人の次には商品を選んだ。その商品の価値と市場性を見て、自分の選択は間違いないと思われた。しかし営業戦略等の意思決定は当然トップがする。ここに盲点があった。そうなると、行きつくところはやはり、人であった。

私の性格は、表には出さなくとも、内実は激しすぎるところがあるので、経験を積むうち、我慢できなくなってくる。そうなると、結果は明白（営業という役割上の話である）。同僚・友人との関係は十分良好であったが、そのためにかえって彼らの不安や不満を解消したいと思うようになり、私が上への上申を繰り返すことになる。その結果が、会社での自分の将来を見えなくしてしまうのだ。

私は自分をどうしようもない性格だと思い、何とかしたいと思うが、できない。自分の道を生きるしかなかった。しかし、こういう人間に「福の風」が吹くということは、普通に考えたらあり得ないだろう。もちろん経済的な意味で、だ。その性格はたぶん一生ついて回るかもしれない。でも夢実現のためには、今は自分がスポンサーになるしかないと思っている。

3、全国行脚

私の生涯はたぶん営業職で終わるであろう。もちろん、過去は商品の販売であったが、これからは同時に心と夢の営業を目指している。

大学を卒業してから、基本的には営業一筋で、全国を歩いてきた。衣装・風土・習慣・言葉など、それぞれの地域ならではの風情を、その土地を訪ねる度に感じていた。私は人慣れも早い。会って次の瞬間には友人になれるという得意技を持っている（ちょっと自信過剰かもしれないが）。それは人に対して心が素直に反応し、まっすぐ相手を見られるからだと自分では思っている。何の先入観も持たないで、あるがままの自分をさらけ出し、無心で相手の心に入っていけるのである。

自分がそうしても相手が構える時は、相手の心に入ろうとせず、周りの風物詩に心を乗せて空気を変えていくようにする。なかなか理解するのは難しいかもしれない。もちろん私だって簡単にできるわけはないから、できるだけそうやって障壁を取り除いていく努力をするわけだ。その努力をする姿がわかってしまうとつらくなるので、隠れた努力の積み重ねが私の人生の真髄だと思っている。「努力に優る天才なし」と言うではありませんか。平凡な人間であるからこそ、いかに天才に近づけるか、永遠のチャレンジをするわけです。

全国を回りながら、各地域の人々に触れてきた。あるところでは私が独身なのを知り、ぜひ女性を紹介したい、と言われたし、またあるところではぜひこの地に残り、地域興しをしてもらいたいと乞われたりもした。私はその度に喜びをかみしめながら、ありがたく礼を申し上げ、辞退させていただいた。

せっかくいい話をいただいたのだから、断らない方がいいと説得されたこともあったが、私の人生は「心《こころ》漂泊の旅」であった。志の定まるまでは、延々と歩き続け、生き続けねばならなかった。

これまで会ってくださった皆さん、ありがとうございます。皆さんの心をもらってここまで来ました。これからも絶えることなく心を拓《ひら》いて、友情と愛情の貯金をしていきます。そしていつの日にか、皆さんに「ご恩返し」ができるよう、一二〇%燃焼して生き続けていきます。

4、運命の女性

私の運命の女性は、「霊界通信」の菩薩の顔の左側に現れた人である。二十九才から捜し求めている。過去四名それらしい人に巡り合ったが、結果は無惨であった。どれも私の一人よがりに終わっている。

仕事の上では、一生を通じて、西郷さんにとっての島津斉彬《なりあきら》公を捜し求めてきたが出会えず、西郷没後百年の年に霊界体験をして命をもらってきた結果、自分が主人公にならねばならぬという思いに到達した。女性という人生の伴侶に会うという点ではいまだに運命論にとらわれている。もしや一生、現れぬのではないかとも思いつつ、現実の私が夢に向かって猛進し始めたわけで、絶対に存在するという確信が、極端な思いでくすぶっている。一つは夢がかなって奥さんに巡り合えるという、世にも楽しい、またうれしい現実と、もう一つは逆に夢だけで、単純な大馬鹿の一生だったということに終わるかもしれないとも思う。

危険極わりない、ロマンチシズムの極限だが、それでもいい。私の選んだ人生だからです。

四名の女性にはそれぞれターニング・ポイントをもらった。もちろんプラトニックな関係であるが、最初の看護師さんには、女性として職業に生きる道の美しさを教わったし、普通の女性には家族の関係に真剣に生きようとする一途さを教えてもらった。舞台で踊る女性には夢をかなえたいという思いを、最後の女性には、自分の好きな歴史を勉強しながら子供たちを育てたいという覚悟に心打たれた。

そして私の恋は終わり、夢に賭けようという思いから、最後にはストーカーまがいの行為までしてしまった。完全な確信犯であった。取調室での刑事さんとのやりとりを終えた私は、念書を前にして清々しい気分であった。二〇〇三年十二月二十六日、それは私が人生を賭けて勝負に出た結果であった。翌年元旦、私は最終章の夢の実現のための発信を行うことにした（次の「警鐘」も発信の一つ）。大馬鹿となるか、あるいは天から大使命を与えられたのか、自分を見極めるための旅へのスタートを切ったのである。その意味でも彼女の役割は大きかった。今でもありがたいと思っている。

警鐘

二〇〇四・一・一二

西郷さんの成し得なかった夢、それは道義国家の樹立。

明治以降、文明開化の道を急ぎ、また第二次世界大戦後の民主主義の謳歌に酔いしれているうちに、日本は道徳律（モラル）の美意識を失ってきました。

今や権利の主張のみに終始し、片や義務と責任は忘れ去られている社会となりました。

命が懸かっていないので、言いたい放題、やりたい放題がまかり通っています。

上は国会、官僚から、下は子供まで、口から出る言葉の無責任なこと。要は自分がどういう役割を得て、どういう立場で、周りに善い影響を与えているかなど毛頭考えず、自分だけの目先の利益のみを考えているからです。

自由主義（個人主義）の良さは自己の確立であり、世間との調和による主権の主張なのですが、まかり通っているのは自分だけが良ければよいという利己主義そのものです。

このままでは日本はアジアから取り残され、世界の難破船となるでしょう。今のところ経済成長は望めないし、現状は続くでしょう。

今や自己責任を明確にして、公に貢献できる人材が育つ社会が求められています。

本当の厳しさと優しさを合わせ持ち、未来を先見しつつ、細事から社会の流れまで見通す洞察力が必要となりました。

私はその先導者となります。私の生き方を公にさらすことにより、非難や批判を浴びつつ、傷つきながらもあえて目標を実現する集中力と勇気と大馬鹿の意地をお見せします。

大いに笑ってやってください。

上大田憲男

5、エキストラ

人生は夢舞台。完全にではないが、今、少し感じ始めている。どんなに偉かろうと、貧しかろうと、人生を全うする時、その人の満足感・充実感が大きければ、それでよいのではないか。人は人を評価できない。自分は自分が評価すべきである。その評価の舞台をどこに求めるか。

私はある時、人脈を広げようと思って、まだ経験したことのない芸能界への道はどんなものだろうとの興味本位で「麗タレントプロモーション」に登録し、エキストラの門をたたいた。エキストラとは映画・舞台等の脇役、いわゆる「その他大勢」のことである。この中から少しずつではあるが、主演を張れるタレントになる人もいるので、参加者は多い。私の空いた時間を組み込んでもらっているので、完全なエキストラ活動はできなかったが、大まかのところでは十分に活躍できたと思っている。私の登場作品で、新聞各社の広告グランプリを受賞したものがある。「青空国会」を一発撮りした写真に、「国会議事堂は、解体」というヘッドコピーがついた、宝島社の新聞全面広告である。インパクトの強い、社会派の広告として、掲載当時は大きな話題を呼んだものだ。

私の役割は中心の証言席にいる国会議員・鈴木宗男氏であった。当時の国会を皮肉った内容で、写真のコマ撮りの中でも演技を続けていたが、バックの数百人の国会議員のエキストラの皆さんから怒号が飛び交うという、現実さながらの撮影であった。

これを機にエキストラの世界からは身を引いたが、素晴らしい経験であった。一年後に鈴木議員宛に礼状を送った。「貴殿のおかげで全国区になれました。ありがとう。一緒に酒でも飲みましょう」もちろん返事はありませんでした。

私にとって、それまでの人生は「馬鹿正直一本槍」であったが、これを機会に「人生＝舞台」の発想ができてきて、人生にも大見得を切る時があり、一つの演出のもとに組み立てていければ充実感も大きいものになると信じさせてもらった。それ以後、ナイアガラの滝よりも、はるかにはるかにスケールの（落差も）大きい人生を歩き始めている。

第11章　帰郷

1、叔母夫婦

現在、同居する叔母は父（大正九年生まれ）の末妹（昭和十一年生まれ）である。叔父との間に子供が授からなかったために、関東に住む私に帰ってこいと声がかかっていた。そんな折、叔母夫婦がお世話になっている知人のおじいさんから、「憲男さん、エイ子ちゃんがしきりと話しているし、待っているかしら」とのこと。

私はその頃、人生を振り返りながら、どうすれば夢に到達できるか、その方法に悩み、迷っていた。時計の針を正常に回そうとして生きていても、速く進みすぎたり遅れたり、時には逆回転もした人生だっただけに、正直言って深刻であった。こういう時の結論・決断は私の場合、直感的であり、素早い。私はすぐ、全資料を送り、私の人生を鹿児島で再スタートできるか確認しようとした。それに対する明確な回答はなかったが、その後の催促に了承してもらったと思い、帰郷を決意した。

もちろん田舎では仕事もなかろうと思い、ハローワークの紹介で、本社が藤沢で鹿児島県知覧町に工場のある会社で働くべく手を打った。そこでしばらく関西以西の営業活動の担当となった。

平成十四年九月十八日、神奈川をフェリーで出発して翌日に加世田入り。叔母は重度の難聴である。補聴器をつけても会話はスムーズにはいかない。叔父が頼りの時もある。帰郷後、叔母夫婦を何と呼ぼうかと考えて、叔父を「M兄《あん》さん」、叔母は小さい頃から呼び慣れているヱイちゃんのまま。すると怒って「私はお前の友達か。ヱイ子姉さんと呼べ」と言われた。しかし、そんなことを言われても今さら無理だ。

その後、本人もあきらめたのか、どさくさにまぎれて、今もヱイちゃんのまま。耳が聞こえないということは世間の余計な物事が入ってこない分、純粋であるが、たまに常識はずれの物の言い様も出るので、やはりたまにはスレ違いのケンカもある。それでも私が生まれた時に抱き上げた記憶を今もしっかりと話すほど大事にされている。叔父・叔母が我慢してくれているのかもしれない。

2、ストレス・ゼロ

叔母夫婦は家で食べられるほどの米・野菜は作っているが、私は手伝うことはない。二人はまだ七十才前だし、少なくとも元気でいるので余計な手出しはしないことにしている。期待されるようなことになっても困るし、私の仕事もある。何年かしてどちらかが看護などで手がかかるようになれば止むを得ないわけで、今はわがままを通させてもらっている。

それまでの一人暮らしとは違って、黙っていても食事が三食用意してもらえるのが最高だ。生活の場所も市の中心部に近いから、全てに便利だし、また父母の郷里も隣町で、墓参りもまめに行けるので、そういう意味でも何不自由ないといっても差し支えない。

今はいわゆる「ストレス・ゼロ」の状態だ。もちろんこれだけを言っているのではない。これまで郷里を離れて、どれほどがむしゃらに、世間に負けずに夢を実現しようと馬車馬の如く生きてこようとしたのか、歴然とわかった。自分の心を見失っていたのだ。いや飾っていたのかもしれない。夢を話し、一生懸命に手に入れようとしても、何一つ届いていなかったというもどかしさ。

たぶん私の周りは、期待半分、失望半分だったと思う。それほど山あり谷ありの苦節の年月だったのである。鹿児島の山河は、形は変われど昔のままの心で迎え、受け入れてくれた。同級生たちも昔のまま。友人・知人・親戚も昔のまま。私は幼い頃の心で素直に溶け込めるよう、努力した。幼い頃の私がまた、生き始め、この地を基盤として、復活していく。今夢が具体化していく。そのためには全てをそれに投入するエネルギーが必要だし、無駄な動きは年齢柄あまりしたくない。精神的にも肉体的にもストレス・ゼロが最良だし、その状態・条件作りが必要なのだ。

私の肉体は今、満身創痍だが、それを上回る気力と情熱、エネルギーがある。そしてこれから挑戦したいのは、私のストレス・ゼロを周りのみんなにも共有させてあげたいということである。心にゆとりを持つことで、全てを優しくとらえられるようになるから。

3、鹿児島に根付く

昭和四十八年に沖縄が日本に復帰して、鹿児島は日本最南端の地ではなくなったが、古来、神々の出ずる国の一つであり、その歴史は古い。近くにあっては明治維新時の錚々たる士の輩出。自信の持てる特色ある県だ。でも私は思う。過去は過去であり、過去の重みにのみとらわれていてはならない。私たちは歴史の中に呼吸し、生きているのだ。過去を伝えるのはよいが、未来作りにおいては欠けているところがあるのではあるまいか。

長年鹿児島を離れて、帰郷して感じたことは、やはり田舎だということ、都会の騒々しさはない。鹿児島市内にしてもそうだ。地理的条件はやはり重くのしかかっているのかもしれない。しかし私はこれでいいと思った。

昔の人情がまだ色濃く残っているからだ。個人的関係・社会的関係の中に、歴史の中に培われた鹿児島の独特の良さが感じられるのだ。もちろん、年ごとに都会化される可能性はあるが、その流れはゆるやかだ。今のうちに鹿児島独自の風土を生かして、特に教育環境を整える必要があると思う。

全国の都市部に住まいして、仕事も含めてフルにその恩恵を受けてきたわけだが、今鹿児島・加世田に落ち着いて感じるのは、人の心の優しさである。都市部では特に人間関係には研ぎ澄まされた心がないとやっていけないところがある。疲れるのである。だから今日、精神・神経症を発症する人が増えるのもわかる気がする。

私も、持って生まれた性格もあろうが、いろんなストレスに病んだ結果でもあろう。

鹿児島はいい。最高の地である。私の夢は今は漠然としているが、思索・活動の両面で、これから具体化していくであろう。最も身近だった父母が生きた地を足がかりにして、舞台を広げていきたい。立つ地は加世田発・鹿児島経由で全国、あるいは海外にも——。

大いなる夢。これも大馬鹿になる覚悟がなくては公言できないわけで、日々努力、可能な限りの方策を考え活動していきます。

第12章　志、固し

1、西郷さんとは

私は歴史家でもなければ歴史学者でもないから、西郷さんを分析したいとは思わない。

私は自分の心に照らして、西郷さんを見たいだけである。過去・現在、西郷さんについての文献は多数出ているが、私は相当数の書物に触れてやっと辿り着いたことがある。それは作者が西郷さんのどこを見るかという角度によって、実績・評価が分かれてしまうことである。当たり前のことであるが、究極的には作家の性格が、その著書に確実に表れるのである。

結論から言うと、西郷さんを評価するその内容が、全て作家の性格を投影したものとなっているということ。西郷さんを見る視線が、西郷さんの身体という鏡に当たって、西郷さんの性格だと思ったものは、実はその作家その人だということ。西郷さんというのはそういう人だったのである。人の心の両極端が白と黒であるならば、狭まったゾーンには無数の濃淡の心があるわけであり、西郷さんはその全ての心を具有していたと思われる。

西郷さんを見る人は、自分の心の色部分のみを見て評価しているのである。つまり、西郷さんは全ての人の心を持っていたのである。しかしそれを表に出す時は、普通は誠一筋の人であったが、こと何か決定をしなくてはならない場面では、黒色を含めた心で決断したのである。大度量とは心の広さと言うが、何人の人の心をその体の中に持っているかで評価されるのだと思う。

西郷さんは全ての人の心を持っていたので、西郷さんに触れる人全てが、その魅力に――というより西郷さんの心の中にある自分に――触れて感動している。きっと西郷さんはみんなにとっての「鏡」だったのだ。西郷さんはそういう人だった。だから魅力の原点は、西郷さんに触れる人全てにあったのである。

だからこそ、西郷さんは西南戦争で、そういう魅力のある薩軍の兵士をむざむざと殺させるわけにいかなかった。そういう人だったのである。

2、西郷さんと松下幸之助翁

私の直感と経験、分析からすると、いわゆる「素直さ」の度合いでは西郷さんは筆頭、次は松下さんだと思う。日本の歴史の中では抜きん出ている。

松下さんが提唱している「ＰＨＰ」において、「素直さ」を説明しているのと同じことになるが、この言葉、誤って説明されることも多い。「素直」とは単純に誰にでも何にでも「はい」と言うことではないのだ。駄目なものは駄目と言うのも素直の一つということ。もちろんその場合、条件付きではあるが、厳しく言うと「天理に従って」素直になることである。

これが難しい。「神」になれれば簡単なのだが。

西郷さんの性格は、会う人全てに「誠」の一字で、「自分の心を空っぽにして」会ったと思う。その空っぽの部分に、今会っている人の心を入れたのだ。

全てを受け入れる度量とはその人をそのまま受け入れることであり、批判や反対はよほどのことがない限り、あり得なかったのである。

一般的に鈍感とか言われる人もいるが、そういう次元ではなく、究極の優しさだったのだ。

松下さんも人の話を真剣に聞く人だった。西郷さんよりも人の話を聞いて、返答する度合いが多かったのだと思う。だから経営者として、すごい実績を残された。

西郷さんが経営者だったら？　たぶん西南戦争と同じ結果になっていただろう。会社を去るか、つぶしていただろう。

西郷さんは人を飲み込む人だったのだ。人の心をつかんで、適所に適材を当てはめる名人、そして周りの意見から取り上げて、最終決断として採用する。決定したら命がけ、という人だったのである。その点、松下さんは経営者としては柔軟性があった。私が二人を見て感じることは、「素直」の度合いは多少は違っても、同時代に生きて会ってみたかったということである。

〝西郷《せご》どんも
大久保《おおくぼ》さんも
共《とも》に生《い》きっ
明日《あした》へ飛《ひ》っ翔《と》っ
我《おい》は生《い》き返《かえ》っ〟

憲男

3、日常活動を通じて

現在の私の心の基盤は霊界にある。霊界での戦いの中で、私は命の危機に瀕した時に、私の背中を守って死んでいった多くの女性と、翌日、私の呼ぶ声に応じて死んでいった多くの男性の姿が、ずっと私の頭の中、心の中に住んでいた。この時私が死んでいれば何も問題はなかったのであるが、生かされたがために、生きているがために、そのことがずっとつきまとっていたのである。

それから二十数年、苦節の中に生きてきて私の選んだ人生は「ご恩返し」である。それも個人や集団にではない。多数の男性と女性、いや全ての男性と女性、言い換えると全ての人に対してである。私の責任感に点火されたのであり、この時すごく「ほっ」とした気分であった。やっと辿り着いた結論であった。しかしそこで終わるわけにはいかない。

有言実行が私の信念、どうすれば目的が達せられるか。私は貧乏な一介の市民である。金をばらまくこともできない。一地方に住んでおり、どれだけの人に貢献ができるというのか。私は日常生活の中であちこちとぶつかりながら、まだ模索しなければならなかった。そこで感じたのが社会貢献、身近な生活の中から、テーマを選び、積極的に介入・発言し活動していくこと。これしかない。

「心」は全ての人に共通する。心を尽くして人のために祈り、活動していく。きれいごとではなくて、泥くさいところから関わり合っていく。基本に忠実に、を実践している。そして中でも強く願っているのが「弱者には優しく、強者には厳しく」である。

霊界での戦いを生き抜いてきた私だからこそ、この世の中でも、その鉄の意志でもってかなえなければならない目標である。加世田市（現・南さつま市）

での現在のテーマは、吹上浜砂の祭典でのボランティア、男女共同参画推進懇話会での活動、精神障害者の社会復帰活動の推進などをスタートに、県下、ひいては全国に広い意味での「心の活動」を広めたい。

4、資金源としての職に生きる

私にはスポンサーはいない。誰に頼るわけにもいかない。私自身がこの身体と命を懸けてやり遂げなくてはならないことだと思っている。その意味でもこの本が売れに売れて、印税収入がバックアップしてくれることを願っているが、心もとない。私は皆様にとって興味ある有名人、著名人ではないからである。私自身の人生がどのように皆さんに受け止められて共鳴を得ていくのかすごく興味があるのです。

そういう意味でも、私はキチンとした人生設計で生活の基盤、言い換えると活動の基盤を持っていなくてはならない。それが今までできなかったのであるが、平成十六年元旦に社会に人生の夢を公言してから、舞台作りを積極的に進め、私自身がスポンサーとなるための職業に恵まれた。平成十六年十二月一日、パイオニア　エコサイエンス㈱に採用され、鹿児島県下一円担当の農業資材販売のプロモーターとして頑張っている。東京に本社があり、全国ネットで、九州は熊本に事務所を置き、その直轄下に私たちは自宅を中心に活動している。商品は①灌水用の点滴チューブ、②液肥、③水と土と樹液（葉っぱ）の分析を含む販売である。

園芸作物が中心であるかと思われるかもしれないが、露地作物にも広く採用されている。私たちプロモーターが農家の良き理解者となって、手伝いのできる、精度が高く有効な商品構成群だと私は信じている。自信を持ってやっていきたい。

西郷さんが吉野を開墾して、農耕基盤も考えていただけに、鹿児島県は農業県であり、その意味でも農業経営者を通じて県下の実情を知り、県下の所得向上を図り、農業に貢献していきたい。もちろん夢の一部を構成することになる。しかし、これには条件がある。営業として担当することになるので、一年ごとの実績が考慮される。これをクリアすると、定年のない仕事が待っている。今の私の夢実現の道を考えると、これ以上に条件の良い仕事はないと思っている。農業界の心の経営者を目指したい。

5、日本のあり方

独立自営と国際協調。国際化の時代にあって、日本単独で「マイウェイ」を貫くわけにはもういかない。破産しないという前提で、日本の利益と国際貢献を考えなくてはならない。それも「心の破産」と「経済の破産」の両方。

明治以降、日本は欧米の文化・政治手法を積極的に採り入れて国の再興に努力してきたが、その結果は「経済政策」と「軍事政策」の二本であったような気がしてならない。経済政策＝物質的欲望にのみ取りつかれ、「心のすき間」を埋めることなく突き進んできた結果が現代である。あまりに急ぎすぎた。高い代償を今支払わされているのである。

自己の主張＝権利の主張と義務の遂行は同じレベルで自己責任の基に成されるべきである。自由主義は個人主義の延長上にあると思うが、今の日本は本来の意味の個人主義ではなく、完全に利己主義に陥っている。自分だけよければよいという間違った観念。少なくとも権利には、自由には、社会的な制約が必ずつきまとう。人間が共同生活を営む以上、仕方のないことである。ここを間違えてはいけない。

国も同様である。ここ最近の中韓の日本に対する対応は、両国の一方的な思惑で成されているようにも感じるが、やはり歴史上、日本の犯した行為は絶対に許されることではない。この国の国益になることは権利としても、その主張に裏付けのある義務と責任が伴わなくてはその意味はなくなる。

靖国問題一つを例にとれば、やはりここは一歩、中韓に譲るべきかと考える。ここで遠慮したからといって合祀者の、日本民族の尊厳が失われるわけではない。要は体面ではなくて内実である。私たちが誰にも侵されない独立・自由の志を持っていれば、その時は頭を下げようとも、時間の推移とともに必ず正義が実現されるのである。「語らずともわかる」島国社会の日本であるが、世界にはこの教訓は遠い。語り尽くし、心を開いてぶつかっていくことが肝要かと思われる。

6、世界への貢献

冷戦下にあっては自由主義社会と社会主義社会のいずれかに与《くみ》すれば、国も比較的安定政権を得られた。しかし今日、それだけでは割り切れない構図、宗教や文化等で細かく世界地図が塗り替えられていく時代である。

平成十五年三月、イラクをめぐって米英と仏・独・露が対立した。米英は主戦を説き、三国は戦争反対であった。日本もそれに巻き込まれ、いまだに出口のない迷路で焦りまくっている。その当時、私は誰かが直前の打開策を出すだろうと待っていたが、何も出ず、混迷の最中であった。私は平成三年の海部首相の時のように止むなく、手を打たねばと考え、実行した。今回は狂ってはいない。冷静な私の判断であった。

小泉首相宛に手紙を出した。それだけでは心許ないので、与党の神崎代表宛にも応援してもらうべく重ねて手紙を出した。内容は「今両グループが手詰まりの状態であるが、ここに日本の存在と主張を示せる打開策がある。これを国連の場に持ち込み、議題にかけてもらいたい。米英は戦争に持ち込みたいが、三ヶ国は反対している。このままでは世界は四散する。お互いがなるべく納得できる方向で詰めさせるべく、日本が落としどころを提案してほしい。米英は今すぐの強硬論を収める代わりに、もし将来、イラクがことを起こしそうになった時、その時こそ、仏・独・露の意見に今回沿った解決をしたのだから、先頭に立ってフセイン大統領を抹殺するように。これに賛成できれば米英は矛を収めてもよい」と。日本にメッセンジャーの役割を託したのである。しかし結果は、もちろんわかり切っていたことだが返事はなかったし、国際情勢もそのまま力の論理が優り、混迷に輪をかけたのである。

私の提言は私自身なら実行できた。でも、いろんなしがらみのある関係者には無理だったのだ。何らの返事もなかったということは、手紙自体が届かなかったのかもしれない。それは不明であるが、もしそうなら周りにいる人間の愚かさが見えるというものだし、そんな環境はこれからなくしていきたい。

7、人間モルモットとして

私が全国のいろんな方々に手紙を差し上げていることは前に述べた。基本的にはそれは「こういう馬鹿がいるんですよ。しかし万一将来、ことを成す時には応援していただきたい」の思い一筋からの行動なのである。私が霊界を体験して思ったことは、この世の中とは霊界のミニチュアの世界なのではないか、ということである。そして私は霊界で「絶対の志」を得たのである。誰にも譲ることもなければ、必ずやり遂げなければならぬ志を。

その中のほんの一部としてのテーマが一つある。この病んだ社会、ストレスいっぱいの、人に優しくない社会を少しでもなくしたいとの思いがあり、全国の有志の精神科医の皆さんに「幻聴・幻覚を脳波のようにコンピュータでモニタリングできませんか。もし科学的にキャッチできると、どこで薬を投与してよいか、またその様子を分析できるのです。そして、その方法が考えられるのならば、幻聴・幻覚に対する、少なくとも分析能力のある私が、モルモットとなってもよろしいです」という提案を差し上げたのです。

返事は五%の方からいただいたが「現時点ではモニタリングはできません」とのこと。残念であった。私の世界の幻聴・幻覚を知るということは自分の命と引き換えるぐらいでないと体験できないということ。だから私でないと駄目だと思っているのです。私の人生に三度目があるとすれば。

私は今、日本の一億二千七百万の皆さんとお会いしたいと思っている。物理的には不可能と思えるが、私の道は無限につながっており、その夢に向かう自分の欲望に我ながらあきれているぐらいである。私がもしこの世でそれを実現できなかったとしても、霊界で必ず巡り合えるであろうという実感を今、感じ始めている。

私の道は全ての人の夢につながる道。だからこそ思いは共通。私は生きている全ての皆さん、今は亡き霊界の皆さん、全てから力をもらっている気がする。それはもはや確信と言ってもよい。うれしくてうれしくて、ありがたい人生である。

8、南無般若大菩薩と天命

私が霊界ではっきりと目にした場面は絵で記した。不思議でならなかったが、今私はその世界に入ってしまった。自分の道として選び取ってしまったのだ。

宮本武蔵は「観世音菩薩」を見て悟りに入ったとも聞いたが、私にとってはまさにそれと同じことであった。しかも、ぜいたくにも三つの場面があったのである。天が私に夢を見させるべく、使命を与えてくれたと思っている。

坂本龍馬は「死して命を天に返す」と言ったが、私の思いもまさにその通りである。

今与えられている使命はまさに「天命」であり、与えられた命で与えられた志を果たしたら、喜んで天の迎えに応じよう。

それまでは私の闘い。「愛と優しさ」のある社会がもたらされるまで続けよう。

私は公言しました。

皆さん、見ていてください。応援してください。尻をたたいてください。限りなく。

第二部　幸福編

白蛇伝

一顔《いちがん》の
左菩薩に
誘われて
右の般若《はんにゃ》で
君守られむ

第1章　運命の女性

1、幻覚の女性

一九七七年（昭和五十二年）三月二十五日、鹿児島空港近くではるか上空に大きく幻覚が現れ、仏の横ににこやかに女の子が笑っていた。この女性が向こう三十年間私の心を支配していた。

2、女性出現

二〇〇六年七月八日（土）、鹿児島工業高校合同同窓会が鹿児島サンロイヤルホテルで七百名余の出席で開かれた。開宴してまもなくコンパニオンの若い女性が私のテーブルに現れた。その時の彼女こそ運命の人となるが、まだ気づけなかった。彼女とその席で話し込んだが、その時二十二才の本名・佑加子さん。不思議な子で私に「上大田さんはもてるでしょうね？」と思いもつかないことを一言。それから花が好きで花屋さんになりたいなど話した。

名刺を交換してくれて、その後半年余仕事の相談に乗り、仕事先は決まらなかったが紹介したりもしていた。勿論会うこともなく手紙でだった。

翌二〇〇七年二月十四日バレンタインデーに彼女からチョコレート。やはりうれしかった。六十才でたった一個のチョコだったから。

すぐ電話してホワイトデーの約束をした。三月十四日鹿児島山形屋のレストラン、二次会のお茶を磯の仙巌園（磯庭園）の茶室で。『その時です』私の左側に座った彼女が「おいしかったですね」と一言。「そうだね」と左を向いて顔を見た瞬間、三十年前の仏の左横に見た幻覚と同じ顔。凍りついた。私は平常心を保つのに苦労した。それから庭園を散策したり買い物をして別れた。

運命を感じた日だった。

翌三月十五日、私は仕事先で旬の苺のパックをもらったので、すぐ彼女のことが思い浮かんだので鹿児島市内の彼女の所へ初めて尋ねて、ほんの気持ちと差し出した。うれしそうだった。この日で出会い三回目。

私が彼女と直接出会った四回目が、彼女と会った最後となる。

二〇〇七年四月八日（日）、当時の私のお客さんのバラ農家さんでバラの花二十本、苺農家さんで苺一箱を買って彼女の元へ。四階から下りてきた彼女に霊界での事を簡単に話し、その場で即プロポーズ、私はその時は仕事着ではなくスーツで正装していた。結果は「私はまだ若いから考えてない」ノックアウト。彼女二十三才、私六十才直前。

この話にはまだ先がある。四月三十日の私の六十才の誕生日にメールがあり、出会ったことの感謝とこれからもよろしくと言葉をもらった。

それから折々の電話とショートメールの交換があったが、しばらくして彼女は故郷奄美大島に戻った。

3、恩人であり運命となる

会えなくなって数年以上経過したがその間、正月一回電話で話し、たまにショートメールで連絡をとった。勿論私は彼女に手紙を出したいので住所を教えて欲しい旨伝えたが、応えてもらえなかった。だから嫌だったら拒否してもいいんだよとメールに入れたが、ずうっと受け入れてもらっている。二〇一四年元旦、メールをもらった時に彼女に伝えた。「貴女は僕に人生の生きがいと愛情という宝物を与えてくれた。ありがとう！　僕のこれからの人生も貴女にだけは総てを知ってもらいたい。恩人であり運命の女性だから」。それから今日まで毎月1、5、10、15、20、25、30、31の5の倍数日（？）の午前七時にショートメールを送り続けている。間違いなく結婚してる筈。彼女の生活・人生をこわすつもりはないからメールの内容も推して知るべし。彼女は着信拒否してない。素直に受け入れてもらっている。メールは私の首の皮一枚だ。

4、未来に生きる

彼女と出会ってから丸十年が過ぎ、彼女は私の胸の中で不動の存在となっている。

私は三十才の時の霊界体験で地獄を味わい、たった一人で地獄の亡者やえんま大王と闘った。でも最後には女性に背中を守られ、男性を呼び殺すことで命を助けられ切り抜けた。この時の孤独さが今の私を形作っている。「唯一人のみ」が全く寂しくないのだ。そこに彼女が同居してくれている。今私は一人きりじゃない。実質的に結婚しているとみなされてもよい。それほど強い絆を感じている。彼女は今どこに住んでいるのだろう。私は百十一才（皇寿）までは生きて自分の最期を見届けたい。どれだけ夢が実現できたかを知りたい。勿論死は突然くる。死して後は海に散骨してもらって、波に乗って彼女の元にゆけたらと、ロマンチックに考えている。私に死後はない。生きてる間に思いの総てを成就して全く後悔しない人生を描いている。

第2章　「白蛇伝」への流れ

1、なぜ白蛇か？

苦闘編の〝しょっぱな〟小学生後半の経験を書いている。カラーアニメの「白蛇伝」で主人公が苦労の末に白蛇となって天に昇ってゆくというハッピーエンド物語。私の前著『白蛇に導かれて』（本書　苦闘編）は二〇一六年に発刊したが、それまでに体験した総てを表現したつもりである。

人生の大半を自分の性格が故に波瀾万丈の繰り返しだった。二〇一八年のNHK大河ドラマ「西郷どん」を見て下さった方は彼の性格・生き方をたぶん垣間みられたと思う。しかし多くの方が賛同はすれど自分の生き方にはほど遠いと感じられたかと。

松下幸之助氏の「素直な心」が私に教えてくれたのである。まともに人世の荒波を背負ってしまう性格に苦労があった。「白蛇伝」の世界が西郷さんの世界でもあった。

2、なぜ西郷さんか

西郷さんは偉人と言われている。私はその人を批評・評論するつもりはない。それほど偉いつもりはない。ただ言えることは持って生まれた性格・気質が私と一緒なのだ。幼い頃からずうっとこの心・身体から離れなかったことを思えば、とって付けたことではなくてもっと本質的なものだった。それを松下幸之助氏が私に教えて下さった。「素直の極致」鏡を見た自分に反応するように、総ての人の心に反応・反射する心を持って生まれた人、それが西郷さんであり、又私が自分に気づいた心であった。最終的に気づかせてくれたのは彼女の存在。私の人生の総てが天に与えられた使命なのだと実感できたのは、私の情熱と勇気を裏付けてくれた恩人であり運命の女性の出現である。それほど確実で大きな感動を与えてくれた。

第3章　生活の知恵――あなたはどう生きますか？

1、二〇〇七年一月～二〇〇八年二月　短歌シリーズ（友の会便りより）！

たわむれて　織り成す舞は　波の上
　かもめ誘うか　海鳴りの音

過ぎし日に　現世《うつつ》と霊の　旅人よ
　今は道を得　勇気を得ん

足下《あしもと》に　見ゆる小石の　たくましさ
　踏まれけられて　雨水《うすい》で湯浴《ゆあ》み

菊花は　母の霊との渡し舟
　天下色どれ　我が魂よ

君ゆえに　眠られぬ夜《よ》の　星光《ほしあかり》
砕《さ》けて輝やけ　わが胸の情熱《ひ》も

〈警鐘！〉

西郷没後百三十年の節目（九月二十四日）を迎えて、特に鹿児島市内は記念行事に追われた。記念祭・講演会・遠行（エンユ）・展示会など。今年はあえてどこにも参加することなく、静かに西郷さんの霊と共に休んだが、最近思うことがある。いずこの故人にしてもそうだが、大仰に奉ることによって、後世のさらし者にしているような気がしてならない。決して本人は望んでないと思う。「いい加減に静かにしろ！」「俺を利用するな、自分達だけで努力しろ！」と言っているような気がする。「南洲翁遺訓」は忍んで修行してゆくべきものだ。大鼓をたたいてふれ回ったところで、上の空だ。長続きしないだろう。こんな風潮に利する者は手をたたいて喜んでいるだろう。警鐘を発したい！

（二〇〇七年十月十四日）

降りしきる　秋雨《しゅうう》にも似て　君に届《ゆ》け
我が胸の情熱《ひ》は　尽きることなし
死地に入る　今が総ての　正念場
未来永劫《えいごう》　花咲かす為
死地明《あ》くる　時はまもなく　心澄む
如何《いか》なることも　後悔はせじ
立冬の　日暮れて寒し　雨あがり
見上げる月に　浮かぶ君が影《え》
今は亡き　上野の山に　西郷どん
尋ね行《ゆ》きては　わが胸を告《あ》け

「地咲花」
天試我笑止　人試我尚笑止　断行我大道
色づきぬ　楓屏風《かえでびょうぶ》の　露島地

空の碧《あお》さは　山に画《かく》せん
霜月の　夜更《ふ》けて一人　月に問ふ
　君住む街《まち》に　夢与えしか
暖房を　とる背に受ける　心地《ここち》良さ
　道行《みちゆき》決めし　心安らぎ
薩摩路の　空に一筋　飛行雲
　抱《いだ》きて登らむ　君をわが胸
人として　生きる強さを　肌で識《し》る
　わが心根《こころね》は　自然にまみゆ
白き群れ　鳩は平和の　案内人《あないびと》
　姿うれしく　天空に舞う
師走町《しわすまち》　急ぐ姿は　家路へと
　道行《ゆ》く人の　心初春
晦日《みそか》事《ごと》　終えて迎えし　元旦は
　君に託すや　希望への門

事始め　新年の計　道を問ふ
我が一道《いちどう》に　悔いはあらずや

松の内　冬枯れの野に　雨走る
桜島《やま》を抱《いだ》きて　明日《あす》の陽《ひ》待たむ

夢を追う　不屈の闘志　胸に秘め
今日《きょう》は明日《あす》への　礎石《そせき》となれり

松の葉は　常磐《ときわ》の緑　あやかりて
誓いし愛は　君に永遠《とこしえ》

刻《とき》は今　風林火山　そのままに
明日《あす》の道連《みちづ》れ　君に託さむ

夕日浴《あ》び　夕陽《ひ》に向かう　一筋に
君ゆえこえに　燃える色かも

尽きはせで　想い焦《こ》がるる　秋風に
寄せて送らむ　汝《な》が真心に

〈二〇〇八年二月号例会だよりより〉

特報！　素直な心を極めたい

人生一度きり。幻覚の為の大馬鹿（統合失調症）か、天が私に与えてくれた使命を果たす為の大利口（仏への道）いずれかだ。この便りの短歌シリーズは基本的に彼女に贈った魂の叫びである。

2、二〇〇八年三月～二〇〇八年十二月　霊界体験へ至る！

会員の肥後秀子さんが私に応援歌として下さいました。勇気をもらいました。

「凍てついた朝」（作者不詳）
凍てついた白い道だけど　あなたが歩めば　ひとりでに足跡はしるされる
だから　風に向かって　歩き出しなさい　過去にかまわず歩き出しなさい
冷え込みの厳しい朝ほど　やがて暖かくなるものです
考えるよりも歩みつづける

あなたの足がそのまま羅針

そのまま明日となるのです

気分が高ぶっている時には、冷静になろうとする自分をみつけ、落ち込んでいる時には、自分に自信のあることを思い続け、自己コントロールする術を身につけよう。

「素直な心」で自分に問い続けることにあろう。松下幸之助さんが言い続けられた道、それが今の私を作った。

☆「極限の体験を生きて」シリーズ

統合失調症！

精神科の領域で統合失調症（昔は精神分裂病と言った）がある。私は昭和五十一年に発症し、現在も夜の安定剤一錠のお世話になっている。症状的には幻聴・幻覚・妄想等が現れる。基本的にその類は自分の噂話や悪口、危害を受ける被害者としての意識になる。現在、マスコミ等で宣伝される事件もエセ（偽り）も含めて多数にのぼる。症状を抑える最良薬は勿論服薬であるがそれにも増して効果的なのは病識を得て、自己コントロールできるかに依る。私がその良い例だ。少しずつ話しましょう。

一つは幻覚の為目に異常を訴える。三十年後の今言えることは、私の目にも異変が起きた。「眼力《めぢから》がある」「澄んでいてきれい」などお世辞言葉を受けることがよくある。運命を想う時、その影響を相当に受けている。

迫害！

幻聴や幻覚、妄想は時・所・誰がを選ばず縦横無尽に現れる。この時私の心が弱ければ逃げ出そうとするか、強過ぎれば他人に無差別に危害を加えていただろう。今私は自分の道を生き始めてきて、いかなる困難にも堂々と対処できる。病気の体験がこの世で流される噂話や悪口、迫害に対して柔軟にき然として対応させてくれた。相次ぐ事件に思うことは「素直な心」を強くして「人の心にやさしい社会とお互いに責任のもてる社会」の確立である。

真剣勝負！

霊界体験の中で地獄の亡者と渡り合う。私は全くの一人、味方はいない。相手は無数の亡者、いわゆるゴーストである。最初は恐怖と戦いながら、知恵と力を出し尽くし死と戦った。そんな世界だった。今私にとってこの現実の世で不可能の文字はないと思える。命を賭けて戦える心があるからだ。「孤独」の強さを知り、物事を「素直な心で対応すること」で総て解決する。そう思える し強く生きている。

女人犠牲！

霊界での戦いは、現実の世で「いじめ」が極限にまで高められたものと思ってよい。ただ違ったのは刀を持った敵が現れたことだ。私はこの身一つ、何も武器はない。死を覚悟した時に、私の背中を守って多くの女性が死んでいった。彼女等は私に献身的に身を捧げてゆく。記憶は鮮明だ。あの世界で流した私の涙と、私を守ってくれた女性への感謝はこの身に代えてもよいと思える位である。今私の心は間違いなく、この世の総ての女性に感謝し、私の命を守ってくれたことに終生恩返しを続けたいと思っている。

男性殺界へ！

最初に親戚の二人の叔父を犠牲にした（現在も元気でおられる）。三回名前を呼ぶと男性が死ぬ世界。自分が死ねない以上、殺し尽くすしかない。姓だけでも名前だけでも、外国人でも男性であればよかった。今思うになぜ男性だったのか？　女性はどちらかと言うと受身の立場、男性は攻撃型なのでほとんどの責任は男性にある場合が多い。「素直さ」の度合いでは圧倒的に女性に分がある。だから男性に警告の意味で霊界で試されたものと私は思っている。正直その後三十年は私の敵になる者はほとんど男性だった。

霊界での最大・最後の試練！

地獄のえんま大王と鬼の前に引き出された母を殺された。私の性格を理由に。母は「貴男はそのままでいいのよ。自信を持って」と言い残して、散った。その時から「母の仇＝えんま」に出会ったら殺すと誓った。そして歳月は、現世に「えんま」が沢山生きていることを教えてくれた。

ポイントは二つ。一つは私の性格。これまではずっと自分の為でなく、他者の為に生きてきたような気がする。気づかなかった自分の道が、「母が認めてくれたこと」で、「とてつもない素直な心」の延長線上にあると確信したのだ。もう一つは「人の人生を変えようとして、力で押し込める無法」は絶対に許さないということ。三十年の時間が目覚めさせてくれた「ゆるぎない私の道」である。

光への招待！

加治木の町から鹿児島空港へ歩いていて、はるか上空に仏三題。左菩薩と右般若の一顔の横にかわいらしい女性、続いて大仏、最後に観音様。

その後の記憶が消え、私は空港警察を経由して、鹿児島市内の横山病院に入院となる。この期間の霊界体験から現世への帰還と今日に至る現実の世での更なる試練が待っていた。もっともこの時間は、私の心を〝志に燃えさせる〟連続となったのである。

3、二〇〇九年一月～二〇〇九年三月　「素直な心」への道

ＰＨＰ（松下幸之助さん）の素直な心！

私はＰＨＰ運動に関わった昭和五十四年頃から、松下さんの唱える「素直な心」に妙に魅かれたのです。それまでは西郷さんが心の中に住んでいたが、プラス松下さんとなったのです。私の人生は目で見、耳で聞き、体で感じた事に

素直に向き合って対決し生きてきました。自分の心がまっすぐでなければ、素直に感じ取れなければ、私の人生はその時点で終わっていたでしょう。私は昭和二十二年四月三十日生まれ、そうです「ＰＨＰ」創刊号が発行された月。共に生きてきたんですね。やっと「素直な心」に辿り着きました。そして西郷さんにも。

「素直な心」を「素直道」へ！

1．生まれたての素直さ
2．知識として学ぶ素直さ
3．体験に学ぶ素直さ
4．更なる修行を課す素直さ

「素直な心」とは正しく強くという願いを持っている。正しい事には「ハイ」でいい。しかし正しくなければ「否」とはっきりと。勿論これには敵が生まれるが、正義を通す所に信頼が得られる。人の心の弱さをカバーするのが「調和」である。緩衝材である。敵も表現次第で味方に変わる。その為には自分を知り、自分を他人に伝える時に工夫する。大切なことである。「いかに多くの人と語らい、人の心を知り、自分を表現しながら調和してゆくコツを見つけるか？」その為の人生修行、素直道である。

4、二〇〇九年四月～二〇〇九年七月　私見―私の生きざま

天国と地獄！

私にとって天国とは、死後の世界でもなければ、天使のいる花園でもない。今与えられている生命を、思う存分一生懸命に生きられる、正にこの世界そのもの。なぜか？　地獄は私の意志にかかわらず、私に関わりない所でやりとりされる命の軽さであり、その無惨さにある。私はその崖っぷちで踏みとどまり、この世界に戻ってきた。今は感情も豊かに命を大切に生きられる。そして体験した世界は自分のものであるが、見えぬ世界は私にとって必要でない。だからこそ「今を大切に」生きている。私は燃えている。

個性を生きる！

私は「一人の個性を持った人間」地獄では私の命は虫けら同然。私が他の個性だったらとっくにあの世へ行ってる。その人に与えられた個性は、極限で本物の輝きを発露されるような気がするが、普段は中途半端で本人も気づいてない。要は個性を磨くこと。言いかえればその人の「素直な心」を強く正しく磨くことである。努力しなければ、光り輝く玉・「個性」にはならない。私は限りなく何事にしろ、前向きに努力を続けられる人が好きだ。そういう人にいっぱい会いたい。

（心の）直球勝負！

私の人生は、素直に反応するあまりにまともな直球勝負で生きてきた。と言うよりそれでしか生きられなかった。カーブ（曲球）を覚えたのは、いや駆使できるようになったのは最近である。でも使いたくない。人の心を駆け引きしたくないから。私は私の思う様を素直にぶつけて、相手の心を融かしてゆき、理解してもらうにはそれが良いと思っている。誰の生き方をまねしている訳ではなく、私自身の原点がそこにあるからである。そう生きられることが、私にはとても嬉しく幸せである。

天分と役割!

人には持って生まれた天分と役割がある。それに本当に気づいたのは私の「地獄の体験」と「今」を比較できるからである。私が自分の強い心を持っていなかったら、とっくの昔に人を殺しているか、自分の命を縮めていた。私の体験は私であったからこそ乗り越えられたことであり、もし他人の心だったら「ハイ! ソレマデヨ」であったと思う。人には与えられた天分と役割が皆んなにある。残念なのは一生の間に本当に気づく人と、まるで気づかぬ人がいることである。天分(能力とか才能)が発揮されれば、おのずとその人に応じた人生の役割もわかる。その道具は「素直な心」である。

私にとっては、『天』！

人の試練はそれぞれに違うが、私の場合には体験を通じて絶対的な確信を得た。生命ギリギリの所まで追い込まれて、私を救ったのは最後には自分の立った位置にいる私本人であった。神も仏も現れない、ましては現世の誰が救ってくれたのではなかった。そして今や思うのは、今という自分を育ててくれたのは誰かと思う時、親兄弟の愛と関わりのある人々が応援していてくれたこと。そしてその背景には何物にも動じない天地自然が私をなぐさめ、ゆったりと受け入れてくれたからである。「天」が私の主である。

信仰と希望！

人は自分が生きる上での支えとなるものに信仰にめざめる人、無宗教の人いろいろである。世に無数の信仰の対象があるのはやむを得ない。人には個性があるように、自分を譲らない限り総てが一つになることはない。だからこそ、各人各様が綺麗な花となって、大らかに咲き誇る世界が天国といえよう。私はその世界をこの世でみたい。だからこそ本物の個性を磨いて、才能に気づき役割を果たそうとする希望にあふれた人を増やしたい。

信用・信頼を得るには！

ストレスの多くは人間関係に関わる場合が多い。人には自分の意見だけに固執して押しつける、もしくは自分の意見も主張できないで人の言いなりになる、両極に位置する人を含めてさまざま。しかし言えることは、人はお互いに信用し信用されれば、必ず信頼関係が成り立つ。結果ストレスもなくなる。では信用を得るには？　私は帰結する所、責任感に尽きると思う。自分を表現する時に約束した一言を守ること。「あの人は約束を守る人だ、責任感の強い人だ」と信用される。そうした時にゆるぎない信頼関係が生まれる。自分の心に常に責任感の灯が灯っていれば、人は必ず信用する。

不断の努力！

近年はインスタント・ブームの時代。何事も簡単に実現できるような幻惑が世間にいっぱいあり困り物である。乱売される無責任なハウツー物の図書など、総ての人が夢叶うような表現をしている。そんな甘い話に乗らされている人のいかに多いことか！

基本を知り、固め、常に不断の努力を重ねてその間に多くの失敗も重ねながら、成功への鍵を手に入れてゆく。涙や汗を知らずして、本物の幸せなどあり得ない。人はそれぞれの体験は違うが、共通の知恵や技術が隠されている。

5、二〇〇九年八月〜二〇一〇年四月　社会の一員として

一億総白痴化・評論家！

どちらの言葉もいわれて久しい。「白痴」とは考えることを止めてしまい、

世間の惰性に流されてしまうこと。現代の先進国がとりつかれている病が、日本ももう滅びへの入り口に立ってそうな気がする。狭苦しい領土の中で、歓喜ではなく快楽を貪っている堕落の民に向かうのか。目先の利益のみにとらわれて未来を示さないリーダーの故か。メディアの責任も大きい。今真実の士はいずこか。

日本も今や情報にふり回される社会である。社会にあふれる情報を取捨選択できないで、人はそれに押しつぶされている。面白い、楽しい、もうかる等の自分に都合のいい規格品の情報で、それを正しい判断ができずに共有している。

人を判断する基準はあくまで自分であり、無責任に協調してはなるまい。

時の流れ（時間）！

生まれてから五十四万五千時間生きてきた。余生は何時間？　そう考える時、自分の人生にいとおしさを感じる。二十九才で一度断たれそうになった命。そこから馬鹿みたいに懸命に生きてきて、今我が人生の限りない終末を見つけ、ほっとしている。夢があるからこそ希望を見つけられたからこそ、一分一秒が大切で時間がいとおしい。昔は時間は空であり虚であった。特に考えることはなかった。しかし今は何をしていようと、どこに居ようと時間と共にこの体が息づいている。総ての人にとって時間は平等に与えられているが、その使い途をはっきりとみつけ、目標に向かって進む時、時間が生きてくる。心に活力が与えられる。時間とは心の成長と密接につながってくるのである。

心の落とし所（心情）！

心は肉体と共にある。いや脳と共にあると言った方がよいのか？「健全な肉体に健全な心が宿る」と言われ、体が疲れれば心も疲れ易いのは誰しも経験されたと思う。永遠に心が元気という事はないと思っていた。しかし命が断たれそうになった時、心も肉体も風前の灯になったことがある。そこにあったのが私の心の中にある「マグマ」だった。活火山で言うと地下底の燃え狂った溶岩ということ。その導火線に点火された時、私は生き返った。極限での心が辿り着いた所こそ、再生への心の落とし所だったのだ。今は自由に心の落とし所を駆使し、楽しんでいる。

私論・松下幸之助（貴人の香りのする人）！

「素直な心」の提唱者としてPHP運動を起こされた。本来「素直な心」は宗教的にも、宗教に関係なくとも「手段」として必要性が問われてきた。「目的」とされたのは氏が初めてである。私が最初耳にした時には特別な感情はなかった。皆んなが持っている心であり、とりたてて注目してなかった。ところが、私の霊界体験を経て現世において自ら確信を深めてきて、「素直な心」の総てをとらえられるようになった。本当の意味を知ったのだ。私がそれまで人生で最も興味を魅かれていた西郷さんに結びつけてくれた。そう「素直な心」の大達人、二人に出会えたのである。

私論・西郷隆盛（英雄の香りのする人）！

この世に「素直な心」の意味で、松下さんと西郷さんを結びつけるのは、世界広しと言えども私だけであろう。

少なくとも「素直な心」を「目的」とした松下さんは間違いなくその心の持主である。では、西郷さんは？

私にとっても歴史上の人物だから、知りもしない人間にどうしてわかるかと言われるだろう。しかし私には確信がある。彼の生きた経緯であり、行動の総てであり、残された遺言である。そして私の人生を通じて、西郷さんをこの体総てに含み込んできた事実である。ＰＨＰで言う「素直な心はあなたを強く正しく聡明にいたします」は西郷さんが一生を賭けて、勇気ある生涯を送ったことに尽きている。彼の一生を私は総て説明できる。それほど強い絆を感じている。

勇気とは！

総ての人は中心に素直な心を持っている。幼い頃、素直に感じていた喜怒哀楽の感情をまともに表現できなくなるのは何故、又いつ頃からであろうか。嫌なこと、間違っていることに正義感をぶつけられた頃を思い出せますか？　人間、生きているうちに自分を守ろうとする余りに、目をつぶることが多くなっているのです。でも大切なことがあります。人は一生のうちに絶対に逃げてはいけない場面が何度かある筈です。その時をのがして人のせいにしたのでは〝弱すぎる〟と思います。万一負ける場合も失敗することも予測して立ち向かわねばなりません。その時こそ、それまで見つけられなかった大事なものが見つけられます。失敗を恐れるな。自分に克とう。

口車！

よく「口車」と言うが、これはどのような車なのか？　言葉の意味は「うまく言いまわすこと」で、巧みな話術で相手を誘い込んだり相手をごまかすことである。「口車にのせる」などと使う。逆にのせられることは「口車にのる」である。うまく口車にのせられて、大損するということはそう珍しいことではない。だからあまりいい意味で使われることはない。いわゆる「詐欺」は典型的な例である。そして「口舌の徒」にかかると、根こそぎ持ってゆかれそうな気がする。国の根本を決める政治の場において、口舌の徒に惑わされることなく、常に真実と誠意を求め、世の中のごますりや嘘を拒絶し、苦言を呈する人物がリーダーである所に、国の行く末が安堵できそうな気がする。

天知る、地知る、人知る、我知る！

人の情として、知られたくない事をいっぱい持っているのが人間である。どうしてこんな事まで隠す必要があるんだろうと思う位、秘密を沢山持ってる人がいる。辛いだろう。ビクビクするだろう。逆にギョッ！　とする位、あけすけで裸同然の人がいる。どちらが正しいとか正しくないという事ではないが、

「ストレス」という意味でははっきりしている。全知全能の神とも言うべき「天」はどんなに総てを隠しても見切っている訳で、地上に生きている我々は世の摂理に生かされて道が決まっている。自分が隠そうとした人生でも、いずれ皆んなにわかる時がくる。だとすれば自分の人生に責任を持っている「我(われ)」にこそ自覚があれば、「ストレスのない裸の自分」で堂々と生きてゆけるだろう。

故郷・南さつま市!

故郷の地を十五才で離れ、進学と共に徐々に北へ進路を取り、本州の地に足を踏み入れて以来全国を行脚、途中病気でしばらく実家に帰ったことはあったが、平成十四年に帰郷するまで四十年。思うと長い旅であった。その間にさまざまな体験を重ねたが、今誇らしく思うのは無数の人々と積極的に交わり、多くの感動と教訓をもらったこと。その思いを胸に無数の思いに応える為に、今もありとあらゆる人の勇気を分けてもらって生きている。故郷に生きるという事は、生死を超えた歴史の中に又戻ったという事であり、素直に溶け込むことができ活動の原点になっている。南さつま市は山河、大海に恵まれ、おおらかな太陽の下にいつも息づいています。

自己啓発！

人生は物事に向き合う姿勢が前向き（positive）か後向き（negative）かで大きく変わってくる。人は誰しも幸せを願う筈である。その場合、人の幸せを奪って自分だけが幸せになろうと安直に考えるケースが多くなってきた。とんでもないことである。よく「権利」という語句を用いるが、他人の幸せを奪う権利などない。「素直な心」になる運動もともすれば誤解を招く。正確には「素直な心を高める」運動といえる。人間、持って生まれた心は「素直」である。しかし何に対して素直かという判断が、経験を重ねるにつれて変わってくる。結論は「真理」に対してである。厳しく言うと事実とか真実ではない。これらは絶対ではないから。人として生まれた以上、他人との関わりは必須であり、あらゆる対話の中から「真理」を探す必要がある。私の人生は「心漂泊の旅」の行きつく所であり、まっさらな心で生き抜く強さを鍛える人生といえよう。

それらを考える時、自分の能力を高めれば誰もが偉大な天分に恵まれていると思う。しかし現実は本物の自分に気づいていない。自分開発をしてない人が多い。その為にはやはり自分の興味の行き先、「大好きなこと」からスタートしてみたい。知恵を絞り、時間をかけ、努力を惜しまない「素直な心」で取り組む姿勢がほしい。能力の開花はその先に必ずあると信じよう。私の場合は遅咲きだ。人生「遅すぎて失敗した」とは言えない。

6、二〇一〇年五月~二〇一〇年十一月　自分との勝負

自分との勝負!

誰と勝負する訳ではない。あくまで自分との闘いだ。人間ともすれば他人と

比較して、悩んだり悲しんだり天狗になったり安心したりするものである。これほど疲れることはないが、心を持って生まれた以上は当たり前のこと。ストレスの一因だ。この比較というのは相対的なものだから永遠についてまわる。この病気になれば心に安住の地はない。その点自分との闘いは結局、自分が納得すればよいことだから、気が楽そうですね。しかしそうはいかない。自分と勝負する、戦うということは永久革命者でなくてはダメだ。努力し続ける気概を常に持てるかである。目標や夢を持って追っかける一途さ、努力はくせになれば楽しくなってくる。まわりに一喜一憂することなく、自分を高め、理想に近づけるからである。

過去は変わらない！

過去・現在・未来。現在や未来はまだ自分に時間と余裕が残されているので、変えられる可能性はある。しかし過去は変わらないし変えられない。タイム・マシンのある時代ならともかく、今の科学ではどうしようもない現実である。性癖と言おうか、過去をぐちって総てを過去のせいにする人が多い。何が変わるというのか。そういう人の心を考えた時、何でそんなに寂しいのかなと思う。今の自分が満たされているなら、たぶん過去も含めて自分以外の総てをありのまま受け入れているだろう。変わらない過去、変わらない現実を素直に、ありのまま受け入れる「あきらめ」「開きなおり」「未来に向かう勇気」など、心の整理をする必要があるだろう。「真理」を知った時、人は想像以上に強くなれる。人生は面白い、楽しいと思える時が来るのです。

胴上げ!

私は大学生になって以降、スポーツには関わってない。だから胴上げには無縁と思っていた。それが過去一回だけ経験がある。今、無性になつかしい。昭和六十一年、当時勤務する会社の新入社員研修後の打ち上げパーティーの時である（三十九才）。その年の四月、高校、専門学校、大学卒三十二名の入社があり、私は当時の営業の仕事を他に任せて、入社時教育の担当に当たっていた。採用から関わっており秋口からの入社前通信、入社後の宿泊研修等を通じて、若い人と本音でぶつかっていた。時には丁寧に、時には大声で叱ったり私にとっては大変な作業量であった。花見でカラオケの後片づけを新入社員と担当、個人差は掃除の仕方に出るものだ。彼等にまっすぐに対応した結果が全員で胴上げされるとは！　ビックリだった。大感激だった。

公憤と私憤！

怒りを表すのは自分だけの為なのか、家族の為かいや会社の為か、社会の為かあらゆる場面がある。私憤とは個人の為だけの欲求、怒りである。公憤とは自分の為ではなく、公の為に怒ること。時には自分をも犠牲にするような正義の、公の怒りである。私達は人の情、性（さが）として強いもの、権力のある者に対しては中々怒りは見せないし、抑えるものである。一方弱者に対しては強気になり、すぐ怒りを見せ易い。どんな場合でも、人の心に正義の灯が灯っていて、怒りを持てる時、それは義憤となり公憤となる。「弱気を助け、強気をくじく」人として生きる以上、強い思いと行動力を持ちたいものである。

情熱！

私は自分に対して、不思議と驚異の念を持っている。年を重ねるに従って強くなっている。あふれんばかりの情熱と行動力。勿論やたら何にでも興味を覚えた時期は過ぎて、今は自分の道に関わることのみに専念している。言うまでもなく「西郷（隆盛）さん＋松下（幸之助）さん＝我が人生のめざす道」である。人は笑わば笑え。自分の性格を正確に把握できたことにより、終生チャレンジの道である。誰と競争する訳ではない。あくまで自分自身との闘い。情熱は赤と色付けされるが、私は真紅のバラが好きだ。燃えるような色は私の心の色であり、今ペンを握っていながら躍動している自分に驚く。たぶんこの躍動は生涯付いてくるだろう。もしかしたら死して魂をこの世に残してゆくかもと思う自分もいる。二十年位前に私自身のコンピュータ診断をしてもらった。結果は心（魂）の色は紫、性格は「心の組織を作る」人と出たのである。

初めての渡米！

一九八四年三十七才、H銀行人材育成基金がスポンサーとなり、北海道内の企業代表者を含めた七名で二週間の日程でニューヨーク入り。以後デトロイト、ロサンゼルス、サンフランシスコの大都市を経由して、当時開発段階にあった（三次元）CAD・CAMの視察研修であった。最初の一週間は東部地区廻りで七名の団体行動。残る一週間は西海岸を単独研修。私の英会話力はほとんどなくブロークンであったので日系三世の方を通訳として同行。コンピュータメーカー、自動車メーカーを訪問して情報を集めた。その情報は論文となってH銀行が冊子を発行して下さった。私は海外は初めてだった。死をさまよった体験から、日本を離れることを避けていたのだ。結果は楽しかった。私がめざしていたあらゆる人との交流。アメリカも例外ではない。風土も人情も食事も大満足。七名のうち六名はやせて、私一人だけ三kg太って帰国した。

女のくせに、男のくせに！

世間にはびこっている言葉である。どうしてこんなえらそうな口がきけるのか。人間は本来、各人が自由で誰にも侵されない権利を持っている筈。誰一人として同じ個性、同じ能力の人はいない。総ての人が老若男女、人種関係なく「世界にひとつだけの花」なのである。問題はその個性・能力を完全に活かしきっていない、未開発だからだ。PHPで言う「素直な心」は男女関係なく誰もが認めて、間違いない「真理」に従順になることである。だから「素直な心」は皆んなが素地としては持っていても更に高める努力をしなければ、この域には達しない。松下さんの言われる「三十年で初段」はこの努力・精進を示している。

「女三界に家はなし」！

「三界」は仏教用語で全世界のこと。中国では「婦人に三従の義あり」とされる。女の人は未婚の時は父に、結婚しては夫に、夫が死ねば子に従って、この世界に心の安まる安住地はない。という、ずっと人に尽くし続けてゆく苦労を語っています。これは日本の家族制度の下で、家父長をトップとする家を守ること、子孫を残すことが最も大切にされたことで、女性の尊厳、長男以外の男子が低く見られたといってもいい。特に女性は今日言われる「個人の権利」など毛頭考えられない世界に住んでいたといえる。今、少しずつ世が変わるにつれて、自由な行動を喜ぶ若者、女性も増えてきたが、あくまで自己を主張できるそれなりの教養、勉強、意識の向上改革だけは必要であろう。

直感（intuition）！

私は体験主義者である。いろんな理屈、理論を聞いても、自分の心と体のフィルターにかけて峻別し物事を語り、説明することにしている。そうでなければ単なる受け売りであり、私の心にはそぐわない。だから説得力があると言われている。自分への責任感と他者への責任感が基本であり、生きていく上での壮大なエネルギーとなっている。

勿論若い時からそうかというとそうではなかった。素直な心で人と対峙しても思うようにわかってもらえなかったり、誤解されたりといろんなケースがあった。その時に私に特徴的なことは、あくまで人のせいにせず自分に求め続けていた。しかし今、生きてきた中で気付いたことは、絶対に許してはならない嘘とか不正は糾弾せねばならぬと思っているし、人まかせにしないで自分で納得ゆく道を突き進むべきと信じ行動している。素直な心は確かに私自身を強くさせている。又正しく、聡明にもさせてもらえると強く信じている。

西郷さんを見る!

過去、歴史上に西郷さんほどつかみきれない人はいないと、あらゆる人が言う。かの司馬遼太郎氏ですら、わからないからこそ同時代に生きて会ってみたかった唯一人の人と言われた。なぜそこまで理解できない人なのか?　普通人は類型化され、性格はこの人はこういう人だと判断でき易い人がほとんどだ。

しかし西郷さんは通常の分析が通用しない人。それは正に神の如きまっ白な心で、いや言いかえると「素直な心」で物事に対応した人である。複眼思考の人である。この人が目的を持った時、恐ろしいほどに強い行動力が生まれ世の中を動かす。何もない時は幼い子供のように自然や人に親しむことができる人。私はそういう西郷さんを心と体に抱えている。夢と自信が得られつつある。

7、二〇一〇年十二月～二〇一一年五月　志

DNA!

遺伝子学的には親子、身内の縁は切れることはない！　と私も思うが、こと性格に関しては当たらない。英雄の子、偉人の子、勇者の子が皆んなそうなるかと言うと、まず見当違いである。私の体験を通じて得たことは、人は皆個々人がそれぞれに天から使命を与えられ、それを果たすべく生かされてると思い至った。だからその命を懸命に素直に生き切ることこそ、ＤＮＡをも活かすこ

とになる。だからあきらめてはいけない。自分を知り、自分を思うように動かすことができる時、個性と能力は開花する。特に若い人は未来を夢見て悩むことも多いが、経験を活かし切る所に幸せが待っていると信じてもらいたい。「素直な心」で総てにぶつかれ！

狂気と正気！

この世には両極に位置することがある。正と邪、善と悪、白と黒、明と暗など。私は一時期狂ったことがある。病気で言うと統合失調症の症状（幻聴・幻覚・妄想）が出たのだ。その時に地獄の世界を経験した。そう天国と地獄、現世と霊界。自分ではその時狂っているとは思ってないので、ごくごく当たり前の世界。そこから現世に戻れた時、私はその時を生々しく覚えており、その後三十年かけて得られた答えは、私だけに与えられた天命により試されたのだと思い至っている。もっとも今も、いや一生だが夜一錠の安定剤は手離せない。なければ死が待っている。いつでもその時に戻れる覚悟で、常に自然体で無心に生きている。地獄（霊界）でもこの世にあふれている「いじめ」「暴力」「殺人」は全く同じである。私に与えられた命の限り、狂気と正気の間《はざま》で強く生き、社会をまっとうにする勇気を奮い立たせてゆきたい。それしかないのです。

闘うとは何ぞや？

闘うとは肉体的な力で圧するということではない。心の闘いが先にある。心で勝たなければ力でも勝てないと思う。単なる暴力ということではないから。闘う時には心の芯・核というものがあれば理想的である。私には肉体的な力はない。でも心での闘いには負ける気はしない。六十三年の苦節の人生を体験して、地獄での闘いを切り抜けて生きのびてこられたことが、たぶん圧倒的に影響している。その基となっているのは「利他の精神」があるからである。正直、私には自分というものがなかった、「無私」だった気がする。しかし体験を繰り返して心が練られ、鍛錬されて今は無敵の思いがする。勿論、一人言と思ってもらいたい。でも興味ある方はぜひお会いしたいのです。自分が今強く生きられることは、全存在を賭けて、地球上の人々に無心で素直な心で向かい合える自信があるからです。

打ち寄せる波の如く!

今日、東シナ海を正面にして水平線を遠く見、かなたから立ち上がってくる波の重なりに自分の心を合わせてみた。小さな波が大きくなって最後に砂に吸収されてゆく。この繰り返しを絶え間なく続けているエネルギー。すごいものである。人の心臓も同じ、私の心も同じだ。還暦を過ぎて以降、毎年心のさざ波が大きなうねりとなって情熱に変わる。あまりに膨大になり過ぎるからコントロールが必要だ。その点残る人生を賭けてのテーマが見つかって、情熱のはけ口が分散されてゆくから面白い。たぶん永遠にこの情熱も湧いてきそうだ。心の中に、この体の中に情熱のマグマがあるからだ。勿論、火山(桜島)はたまに爆発する。私のマグマもたまに爆発する。間違いを犯した時に反省することなく、他人のせいにして逃げ切ろうとする輩《やから》や、勿論いじめ、暴力等は許してはならない。

限りなき道！

人に本来備わっているのは、その人に応じた道である。道とは個性・能力が一〇〇％開花する為に必ず通るべき過程である。普通は士道・仏道・芸道など一途に切り拓いてゆく所に求められる。一芸に通じることにつながる。この道を貫いている人の心や立居振舞いは「凛」として美しい。過日、全国ＰＨＰ友の会九州地区本部役員会が開かれた折、友の会本部顧問の山本知恵美さんのお話があった。その中で「凛として生きたい」「灯《ともしび》になれたら」とご自分の生き方を語られたが、氏は小笠原流の礼法指南であり、既に体の一部となっておられるお仕事に対するこだわりが感じられた。ここ何年か感じたことのない風情を持っておられ、生涯を通じて強い意志を持っておられることに「道」を感じた。これまでゆっくりお話しする機会もなかったので、うれしい時間でした。

老いに向かって！

干支五回目の人生を迎えてから早や四年目に入ろうとする今、老いというものを感じようとしても、どうしてもピンとこない。感じられないのである。私の本業である農家のお客さんに、アンケートのように老いの事を尋ねた所六十代はまだ元気で衰えは感じないが、七十を超えたら極端に体力が落ちるとのこと。こと農業は、二十kgの肥料を軽トラックにかつぎ上げられなくなったら引退を考えるとの事。それが七十五才位。私の時間もこの入り口に入ったが、正直私の心が邪魔して、情熱ばかりがあり余って、逆に心が若返るから負けじと肉体も疲れを感じない。どのような老いが待っているかわからないが、心と体のコントロールをして、夢の達成に絶対に負けない生き方をしたいと生きている。古希（七十才）への道を心豊かに登ってゆきたい。できることなら自分一人だけでなく、他の同志と一緒に行きたいものである。

若き警察官との出会い！

仕事のかたわら、昼食をとる為に公園の横の木陰に車を止めた。その間に横をバイクの警察官が通り過ぎていった。ものの五分もしたろうか。彼が戻ってきて、運転席の私の所に！「すみませんがどこから来られましたか？」「私は隣の市ですよ」から始まった。そもそも何故かと言うと、私の車が熊本ナンバーで不審者の可能性があると思われたらしい。職務質問をかけられた訳だが、初めての経験であり、それをきっかけに二十分位、話がはずんだ。彼は大学を卒業して初任地三年目の二十五才。鹿児島市内出身者で昨年は横浜サミットの警備も二ヶ月したと楽しそうであった。私が会報のバックナンバーを渡し、夢のことを話すと目を輝かせて「社会の為に尽くすのは、私の仕事と共通しているんですね」とお互いに今と未来をしっかりと確認し合ったのである。

彼女の誕生日に！

「ゆかちゃん、こんにちは！　二十七才おめでとう。若さのまっ盛りですね。着信拒否しないでくれてありがとう。でももう最後かな。風の便りでゆかちゃんが結婚するという噂、耳にしました。おめでとう。良かったですね。愛する人に巡り合えて、一緒になれるって最高ですからね。結婚する人にこれ以上、押し売りはできません。僕のけじめです。でもね、これだけは信じていて下さい。僕は霊界で一九七七年三月二十五日にゆかちゃんに出会って、二〇〇七年三月十四日に気づき、それ以来ゆかちゃんとずっと一緒でした。お陰で、ウン天下無敵の上大田君になれました。心の中にゆかちゃんが住みついているので、他の女性と結婚することは絶対できません。僕はそれで幸せです。大きな愛と夢を見つけて爆進してますからね。今までありがとう。さようなら」

これは留守録に入れた内容です。私の個人的なものをここに掲載すること考えましたが思い切って！

出会ってプロポーズしてちょうど四年目。「四」は「死」＝「復活」「再生」

私の体験が息づいているのです。この留守録には彼女に対する最初で最後の大嘘がありますす。「結婚の噂」なんてないのです。四年間の訣別を又、土台として更に夢に向かっていきたい、私の特異な生き方は、私だからこそであり、皆さんにはそれぞれの個性と人生があります。後悔することのないよう最大の配慮をして、素直な心でしっかりと大地に根をはって生きて下さい。

8、二〇一一年六月〜二〇一一年十二月　鹿児島から発信

「かごっまで会おうかい」ＯＢ会員　肥後秀子さんより！

若葉萌え出づる快晴の日、あちこちで歓声飛び交う中、九州交流会「かごっまで会おうかい」が開催されました。例会ご無沙汰の私は、開催にあたり実行委員のご苦労を知り、感謝の思いとＰＨＰの活動の基本「素直な心」の原点に戻れた時間は心地よいものがありました。青木隆子さんによる講演「命を見つめるドキュメンタリー番組の取材現場から」の後で、各グループで語ろう会と

なり、遠く仙台からお越しの吉村松二さん、被災地の生の現状を話される時、講演中のビデオ・命の誕生と毎日のように報道されるガレキ化した風景が交互に浮かび、胸に痛みが押し寄せてくるものがありました。しかし「命」について皆様の意見を聞くうち、ふつふつと胸が高鳴るのを覚えたのです。ＰＨＰの最前線で活動されている方々だけあり、前向きに社会貢献の姿勢が窺え、この会が有意義だったと確信しました。夜の懇親会は、さつま料理を味わいながら、プレゼント交換・ゲーム・おはら踊り・合唱と盛り沢山の企画で、交流を深めるにふさわしい時間となり、盛り上がりました。

新幹線の全線開通により、全国の仲間を近くに感じ「かごっま」での交流会に参加下さった仲間に「ありがとう」と言いたいです。この「ありがとう」をつないでいくことが「頑張れ日本」「つながろう日本」の支援のスタートです。

ありのまま！

「赤ん坊の如く天真爛漫」に生きたいと誰しもが願うだろう。誰に気兼ねすることもなく、自由に羽ばたきたい。しかし、現実は、成長するにつれていろんなしがらみと自分のプライドが邪魔して、がんじがらめである。いつからそうなったのか？　持って生まれた性格は万人万葉である。その個性がぶつかる時に強い方の個性に支配される。その基準は金であったり、権力であったりあらゆる支配関係である。これから逃れることこそ解決への糸口！

自分の求める雑念（欲）を捨てればこだわりもなくなり、心がスッキリしてくる。しかし人間欲は断てない。欲の塊である。結果としてこの欲を自由自在にコントロールできれば、人は素直にありのまま自分の心を支配できると感じる。

夢追い人！

夢を持とう。その夢を限りなく実現可能な所まで努力し続ける。達成したら又求める、その繰り返し。それが嫌なら人間、一生努力しても完成できるかわからぬことに挑戦する。その心構えができた時に心に革命が起こる。今私の挑戦は皇寿（百十一才）まで生きて、自分の夢（わが友の会の信条）を限りなく実現すること。一九七七年私の体験した世界での闘いは殺伐とした地獄の荒野であり、その意味で、現世にはうるおいのあるそれぞれの人格がお互いに責任を持てる社会と人格の形成を望みたい。方法は無数にある。私は全精力を尽くして夢の実現を図る。限りなき夢追い人となって！　その推進エネルギーは私の心の中に無尽蔵に湧き出ている。

個性を殺すな！

個人の勝手で人の個性や行動をいじくりまわす人がいる。たとえば子供を自分の言うがままに育てようとする親や教師。大人でも技術面を厳しく指導するのはよいが、性格にまで踏み込んで自分の思うようにする人。傲慢もいいところである。人は生まれた時から独自の個性を天与の才として与えられている。そのものがすばらしいといえよう。それが変わるのは、成長するに従って、世間の垢がこびりついて、更に欲望にまみれてきて、個性が本来の光を失って錆びついていくのである。成長した大人を例にとると、文章を書く時、自ずと語句や文脈の中にその個性がひそんでいる。他者がこれをいじる時があるが、「個性を殺す」ことになる。その人の能力を活かすとすれば、基本的にはその人の文章をそのまままとりあげることが望ましい。

桜島!

「わが胸の　燃ゆる想いに　比ぶれば　煙はうすし　桜島山」
（平野国臣・幕末の志士）

鹿児島を代表する3S・西郷隆盛、桜島、焼酎。

私の住んでいる南さつま市加世田からは三十五km。少し遠いので毎日は拝めないが鹿児島県民として世界に誇れる山である。市街地にあって、湾内にある活火山として他に類をみない景観である。山の姿も美しい。響きもすばらしい。そのエネルギーは膨大である。私はいつも思っている。己の姿を、心から姿から例えられるものが桜島になればと。勿論、実感として一番感じるのは、地下深く眠っていて、たまに噴き上げ活動するマグマが私の心にあるということ。これなくして私の過去も現在も未来もない。夢実現の為に天から与えられた私の能力である。

愛《いと》しき日々！

今思うに、私のターニングポイントは自叙伝を出したことで、過去の総てを精算し、新たな人生を何気ないうちにキャッチして堂々と生き抜く心構えができた時だと思うようになった。それを確信させてくれたのが、私の心の妻・佑加ちゃんが目の前に現れたこと。これは私の還暦からのスタートであった。この事により過去のあらゆる体験の総てが浄化され、心の中に温かいぬくもりを抱けるようになったのである。勿論、体験はあらゆる人との出会いの集積であり、私の宝物となった。しかも地獄で闘った亡者とのふれあいも、今は総てが私を応援してくれている。愛しき日々の連続である。これから先、未だかってない至福の時を迎えるであろう。

三大先人の教え！

西郷隆盛（西郷さん）

幼い頃から祖父にしっかりと教え込まれた記憶の中で「敬天愛人」が心の中に入っていた。有言実行が目標となった。物心ついた頃から一緒に生きてきたといえよう。

松前重義（故東海大学総長・松前さん）

学生の頃の出会いで「人生は人との対話の中で、吸収したことをいくつ体現できるかが人生の勝負を決めるよ！」と繰り返し諭されたことで、この生き方を選び取った。

松下幸之助（松下さん）

「素直な心」を提唱して下さっていて、最初はなぜ興味を惹かれたのか気づかなかったが、最終的に「私の性格をドーン！　と説明されたこと」と気づいた。そのように気づいた時、総てが天啓と思えるようになった。自信がついたのである。自分に生まれて感謝である。

寸考『唯一無二の花！』！

なぜ花なのか？　あまりにも美しい。その姿も散り様も。意志があるとすれば達観しているのか。よく人と比べられるが、花は無欲の塊のようである。きれいに咲こう、一生懸命に咲こうとする情熱は全く感じられない。唯あるがまま自然に咲いている。途中で手折られても、踏みつけられても文句も言わない。イエス・キリストは人の罪を背負って、十字架の上で殉教死したが又復活した。花は生まれかわる意志（欲）を持てるのか。そんな事を考える時、人の一生も皆んなそれぞれが全く異なる個性や能力を天与の才として与えられていると思う。生物学的にも心理学的にも全く同じ存在はない。似ている人はいるだろうけど、全くの別人なのだ。だから命は絶対である。殺してはなるまい。殺されてもなるまい。与えられた命を精一杯に生きる人生の醍醐味を味わってほしい。人も花も、その人生をありのまま「素直な心」で送れれば、まぶしいほどに美しい生涯となろう。

光と闇！

人は光を好む。闇は好まない。光ある所に人は集まり、光なき所に生者はいないといわれる。しかし私は暗闇も好きだ。私の味わった世界は光と闇の交錯であった。光は「生きる希望」であり、闇は「命を賭けた死闘の場」であった。しかしその暗闇に見たものは色のつかない地獄の世界であり、鬼と亡者があふれていた。私はそこを闘って生き延びてきたのであり、今や闇の世界の住人も友達である。そして私の力強き味方である。そのように考えられる時、私の光の世界は尚更愛おしく感じられ、現世にある総てにやさしく触れ合えるのである。光は私にとって現世であり、闇も私にとって切り離せない。その両方の世界を体験して、今正に生きられる幸せを感じている。体験の積み重ねが強い心と永遠の夢を与えてくれたのである。

病と運命（さだめ）！

人には持って生まれた病《やまい》と、生きてる中で追っかけられる病がある。勿論、小さな（軽い）病や大きな（重たい）病がある。私の場合どっちなんだろう。青春のまっ只中で生き死にの体験をしたことは、その時は病に侵され、泥水の中にのめり込んで光の一筋すらも見えなかった苦しさを考えれば、今は何とという光明の中の幸せな人生であろうか。病をのろい、乗り越えられる希望もなかった時にはどれほどの救いに耳を傾けられるだろう。ほんのちょっとした言葉や体調の回復がきっかけになる。心の琴線に響く事象が自分に起きた時、自分の持っている「素直な心」が反応する。とすれば自分の心が気づけば、総ての病の対処方法が見つかる気がする。これこそが人の運命と密接につながって、幸せに向かうと感じる。

愛情とエネルギー（情熱）！

人を愛する気持ちは誰もに共通することである。これと同様に憎む気持ちも否定できない。愛憎とは裏返しともいう。私の愛情は臨死体験とその後の人生を通じて大きく変化してきている。以前は私個人の肉体から出た狭くて小さい愛情だったと思う。今は体験の積み重ねで、宇宙にある全ての自然から与えられる霊気が私にふりかかってきて、全てを包み込める愛情に変わった。自分が強くなったと感じる。勿論私の愛情は愛のムチとして、駄目なものはダメ！という強さと、更にそれを大きく包む愛情に裏付けされていること。その莫大なエネルギーが私に与えられ、吸収し、発散できるということ。これこそが私に与えられた大きな夢を実現する為の一里塚であり、総てである。

9、二〇一二年一月～二〇一二年十二月　高齢者の仲間入り

賀詞交歓！

今年の年賀状である。

『明けましておめでとうございます。今年はいわゆる高齢者（六十五才）の仲間入りです。私の目標は皇寿（百十一才）まで生きて、夢がどの程度叶ったか見届けるつもりです。六十才で夢をもらいました。今は健康第一で、怪我せず病気せずをモットーに心青春で生き抜きます。皆様にお約束することが、私のエネルギーの基だからです。相変わりませず本年もよろしくお願いします。皆様のご健勝とお幸せをお祈りしております。

平成二十四年　辰元旦』

気づきと素直な心！

私の人生を通して大きく気づいたことが二つある。一つは「素直な心」の大切さと、もう一つは「気づき」の瞬間を見逃さないということ。元々こうではなかった。勿論、私はおとなしい方の部類に入ると思うが責任感だけは強かったので、約束したことはキチンと果たしてきた。たぶん、そのことが現在すごく役に立っている。責任感は自分の思いだけではなく、他者との関わりで発揮されること、この中で「気づき」が醸成されていった。そして元来の「まっさらな心」＝「素直な心」が年齢や経験、努力で研ぎ澄まされていったということ。私は他者の心をまっすぐに見るくせがあり、一片たりとも疑わないことからスタートする。それからの関わり合いの中で「素直な心」を通して、あらゆる「気づき」が起こる。私にとっては楽しい楽しい人生である。努力のし甲斐がある。

優先順位！

物事には順序がある。人間の尊厳や権利は平等に与えられているが、個性や能力が発揮される時には不平等が明らかになる。要はその人だけの個性や能力をみつけ、高められればその道の第一人者となれる。その為の努力を惜しまず、又周りも大いに協力すべきである。何でもゴッタ煮で、人間平等だと叫んでいる人の如何に多いことか。競争はその人の能力を引き出す一つの方法であり、何でもかんでも競争はダメということにはならない。他人との試練・競争がその人を伸ばす好機にもなるものだ。優先順位とは総ての事柄についてまわる。誰の為に、何の目的で、いつまでにというテーマを見失わなければ自然と優先順位が決まる。この原則を守れたら、自然の流れで無理なく、抵抗も少なくやり遂げられるものである。

坊っちゃん顔!

若い頃から、今でもずっと言われ続けてきた。それだけならまだしも付属詞がつく。「苦労知らずの坊っちゃん」私自身はそう思ったこともないし、鏡を見ても絶対にそれらしくは思えない。勿論いろいろ反論したところで時間のムダだし、そういう人に限ってこれでもかと押しつけてくる。私の人生を通して、そんな時期は一切ない。あるとすれば心が「ボンボン」ということ。どんなに時間がかかろうと、がむしゃらに自分の苦を楽に変える名人。「負けてたまるか」の強い信念が、心を強くしてくれて顔相まで合わせてくれている。私にとっては苦しさ、悲しさを顔に、体の表情に出して知られるのが恥なのである。この意味では素直ではない。天が私に使命を与えてくれているならば、私が生を全うする時に果たしてどんな顔付きになっているか楽しみである。

激動の人生！

私の現在勤務する会社の上司はきっとびっくりしよう。私は自分のことを首にされても文句は言えない立場と思っている。手元に厚生年金の加入履歴があるが、最初に加入したのは一九七二年（昭和四十七年）三月二十七日、最後となったのが二〇〇四年（平成十六年）四月一日。何とこの間（三十二年間）に、厚生年金取得会社十八社（正社員転職会社だけで十八社）で、最短二ヶ月、最長八十二ヶ月（グループ三社で合計）。私の人生で現会社は八年目に入っており、この年で記録を塗りかえることになった。省みて、総ての会社の記憶ははっきりしている。私が西郷さんを師事するのも、長年の浮沈の人生があるからである。「素直さ」ゆえの人間関係が示している。

若者たちへ！

只、一生懸命に生きてきた。目の前の事象に損得勘定は一切せず（できず）、正しいと思えることや自分に納得できることを貫こうとした。その時ぶつかるのは年輩者や上司が多く、同僚や後輩は守るべき立場にあった。ほとんど立場が追い詰められてきたのである。尊敬できる人に巡り合えた事も勿論あったが、異動や転職で長くは関われなかった。私に与えられた運もあったろう。しかも追い打ちをかけたのは病気。しかしこのことにより地獄での試練から、この世の不条理と闘うことを決意し、総ての人に理解できるように自分の道を作りつつある。自分の得になる事だけ追いかけてはなるまい。「損して得とれ」の人生、あったのである。私は自信を持って生き続ける。

憧れ！

憧れの対象は自然、造形物、人と無限に存在する。私のそれは行きつく所、西郷隆盛と島津斉彬の関係にあったように確信できる。師から引き立てられ、その師に命を尽くして生きる姿は私にとって憧れ以上の何物でもなかった。だから大学を卒業してからそんな師に巡り合うべく、出会いの機会をいっぱい持ち続けてきたが会えなかった。が、松下幸之助氏が師であれば変わったかもしれない。今言えることは「素直な心」がどういうものか教えて下さって、私の原点に気づかせてくれたこと。そしてびっくりなのは、小さい頃からずっと離れずにきた西郷さんの性格に行きついたこと。今私はすべての糸から解き放たれ、上大田憲男という独自の人間の道を生き始めたこと、これに尽きよう。

読者の皆さんへ！

毎号読んで下さっている方へ感謝申し上げます。ていねいに毎回といってよいほどお手紙下さる方や、折にふれて感激の言葉を頂くなど、発行している身にとっては望外の幸せです。三百名の方の中で最若年層は、京都市の二十二才女性（真里奈ちゃん、全国ＰＨＰ友の会事務局）と福岡市の二十四才女性（令子ちゃん、美しい筆文字の手紙でいやされます）で、最高齢は長野県松本市の九十二才男性（平次さん、ご縁あり私の亡き父と同じ大正九年生まれ）。

北は北海道から南は沖縄まで、トータルの数は少ないですが「大河の一滴」

となんとし、私の一生を賭けて今挑んでいます。私はただの「そこら辺にいるおじさん」ですが、たぶん他の総ての方と違うのは、この一個の有機体の中にとてつもない心のエネルギーをかかえていること。私の心は今二十代であり、今まで生きてきた人生の知恵を沢山かかえている。皆さんにお会いできた時は、私からエネルギーを吸収して下さい。

今を生ききる！

私の命はただ一錠（夜のみ）の向精神薬「セレネース3mg」に守られている。これがなければ次第に幻聴・幻覚・妄想に侵され、ついには眠れなくなって死に至る。過去二回の体験は死に対して「寸止め」の状態で、その瞬間を見切って対応できたから今がある。私にとっての死は今も常に向きあっている事象であり、克服すべき対象なのである。数年前に主治医から「上大田さん、セレネースを服用してるとガンにならないよ」と冗談まじりに言われたが、正にその通り。人生楽しまなくては！　という訳で私のエネルギーの基はここにあるのかもしれない。日々後悔しないで人生とは楽しむべき半生であり、志を果たすべき大切な余生である。これから先も出会う人々は永遠の道連れになると信じている。

寿命！

この三ヶ月の間に、高齢の親戚が相次いで亡くなられた。死に顔に接して、今にも「のりお」と言って起き上がってくるような気がした。死出の別れではなくて、なつかしさがじわっと押し寄せてきたのだ。私は死に対しては特に感傷的にならず、寂しさもあまり感じない。過去、霊界体験で命を賭けて亡者と闘って生き延びてきたことを思うと、生と死の境界がなくて、ずっとつながっているようにさえ感じるのである。だから死後の世界があるとは感じられないし、天国があるのか、魂が残るのかわからないし、わかりたくもない。あるのはこの身一つ、与えられた肉体を使って生きてる間に自分の志をやり遂げることと一つに絞られる。私の公言する寿命は百十一才。それまでに寝こまず、体にメスを入れず、健康体で生き続けたい。

一途さ！

「バカの一途」「男の純情」ともいうべきど一途さが自分にあると感じて、人生有為天変の世界を生きてきたように思うが、今はすごく満足している。私の心が中途半端であったなら、体験も総ての想いもそうであったに違いない。ことん物事に向き合ってきた結果が過去の総てであったとすれば、私は何物にも負けない珠玉の宝石を手に入れたのである。私はことある毎に、その話を折にふれて話している。思い込み良し、失敗よし、その先に手に入れたものが何ともいえぬ感銘深い人生に達しているのだ。けど私は他者に私の人生を押しつけるつもりは毛頭ない。間違っても私の体験は命がいくつあっても足りない位なのだから。それらをのり越えるヒントを私は総ての人に語っているのである。

10、二〇一三年一月～二〇一四年六月　とらわれぬ心

一本道！

ただ一本の大きな道を歩いていきませんか。小さな欲などどうでもいいではないですか。自分の欲しいたった一つの大きな欲を見つけ、がむしゃらに堂々と闊歩してみませんか。思いを高めて、日頃目標への道を歩き続けていると必ず見つかるものです。可能性の一パーセントにもヒントが隠されています。私の小学四年生の時に出会った言葉「大道無門」はそのことを教えてくれました。人生にはあらゆる人にあらゆるチャンスが与えられています。

成功するか否かは、ふさわしい能力に合った道に辿りつき、努力を重ねた人こそがその栄冠を手に入れるのです。「わが道」を見つけましょう。最初は小道だけど、歩き続けるうちに大きな一本道を歩いている自分に気づくのです。

川の流れのように！

天の雲から降り注ぐ雨は、山肌に打たれ地下水となって湧き水となり、小さな川の流れとなり、ついには河口に注ぎ海に至る。その海は又水蒸気となり、天に戻ってゆき雲を形どる。水の輪廻である。しかしそこに魂はあるのであろうか。神が天を作り、地を作り、人間を作ったとすれば天地の移動、人間の一生も与えられた生を懸命に生きられようとする大自然（神ともいえる）の恩恵に服しているのである。

私の興味は種の起原ではなく、与えられた一個の人間としてどう生きるかに尽きている。親から与えられた大切な命をどう生ききるか、上大田という姓にどう誇りをもって、憲男という名前に大きな命をどう吹き込めるかである。そして辿りつくのは大海の中に悠々と、永遠に生きてゆけるような魂の固まりとなった自分を見つけることである。

日本の三大砂丘の一つ・吹上浜で!

一般的に千葉県房総半島東部・太平洋沿岸の九十九里浜（六十六km）、鳥取県の日本海沿岸の鳥取砂丘（東西十六km、南北二km、標高九十五m）に合わせて鹿児島県薩摩半島西岸の東シナ海に臨む吹上浜（四十七km、海ガメの産卵地として有名）があげられる。昔はこの吹上浜沿いに私鉄・南薩鉄道が走っていたのだが、今はバス路線になり久しい。白砂青松の海岸線は見事に弓なりの形状を保っており美しい。その南端・南さつま市きんぽうの杜で砂の祭典が毎年五月に開催される。毎回テーマを設けて数十基の大中小砂像が作られる。作家は海外の招待作家を中心に、地元のプロ、民間・行政・小中学校の生徒による砂像群はいかにもこわれそうな風景とは正反対に、期間中の風雨にもめげずにたくましく威容を誇っている。

誇り！

西部劇で馬に乗ったカウボーイがさっそうとやってくる。映画の一シーンが私の描く「誇り高き男」であった。その頃からするとそのイメージは大分変わったし、現実的になった。今から言うと「かっこ良さ」「強い男」「正義漢」が基準であったように思うが、今の自分はというとほど遠い外見である。しかし今はどんなイメージにも負けない「誇り」を得ている。その基準はこれまでの体験を経て、人としてのやさしさや強さを強く感じられるようになり、誰にも負けない「自分」をみつけたことである。誰が家族で友人・知人であるかではない。私個人が幾千万の敵と渡りあっても絶対に負けないという、正しく強く聡明な姿を求めている誇りをつかんで強く生きていることである。

家族！

幼い頃父の死で、私と弟と母の三人は母の実家に落ち着いた。その家は「諏訪薗」、私達母子の「上大田」と二姓の同居となった。母は結婚生活三年間のいい思い出しかなく、父の姓を手離そうとしなかったのだ。当たり前の生活が始まっていたのである。そこから数十年、何の因果かわからぬが今の私は又二つの姓の中で生きている。平成十四年私は子供のいない父の末妹夫婦と同居することになり、今又「脇」と「上大田」の二姓なのである。あえてそうなろうと考えた訳ではなく、いわゆる結果である。今の私は姓にこだわっており「上大田」を手離す気はない。父母からもらった大切な宝であり、今自分の夢にこだわって生きる為の誇りであり、自信の基となっている。

一瞬！

時間であればコンマ何秒であろうか？　人生においてその一瞬を見のがしたが為に大きく損をすることがある。計算され尽くした中で、あるいは目的をもって捜していれば、それに気づくタイミングは多くなる。しかし生きている時間の流れの中で、瞬間的に訪れたことに対しては心も肉体も準備ができてないのでみのがしてしまう。その意味では心身を常に研ぎ澄ませて、対応できる力を持たねばならない。私の霊界体験は一瞬の積み重ねであったし、その時気づき、見のがさないで永く記憶に閉じ込められたからこそ、その体験の意味と価値が得られたのである。運が良かったと言えるし、もう少し良く言えば私にそのタイミングをのがさない瞬間的能力があったんだと自負できる。今すごく幸せである。

真実を射抜く目！

人の心は弱いものである。その証拠に「うそ」をつくのが自分の裸を見せたくない心の裏返しだから。相手を気づかう為のものなら弁護できるが、自分を守る為だけに、又人をおとし入れる為なら決して許されるものではない。なぜならその嘘は何倍にもなって、本人と相手を傷つけてしまう。「嘘」に塗り固められた人もこの世にはいる。かわいそうと思うが弁護はできない。中には「嘘やデマ」だけで対抗してくる人がいる。その時でも私はまっさらな気持ちで、真実を柱にした対応しかやらない。そうすることが物事の本質に迫ることであり、負けることはない。真実を射抜く目を持つことが最大の武器であり、その他はどうという事はない。一〇〇の対策、無数の戦略が私の頭にはころがっているからである。

弟よ！

私には一才下の弟がいる。兄弟とはいっても小さい頃からベタベタの関係ではなかった。お互いが独立した仲だったような気がする。私が病気で入院するきっかけになった時、名古屋まで嫌いな飛行機で迎えに来てくれたり、再発した時は神奈川まで又空路来てくれた。私の最悪の時で、その二回につきあってくれて、いくら兄弟でも申し訳なかった気持ちがずっと心にある。実際には弟が私の兄代わりだった思いがする。省みてその時をのりこえられたのは弟に尽きる。たまに会うが今は素直に気持ちも伝えられるし、残りの人生兄弟仲良く心を通じ合ってゆけると信じている。兄と弟で良かった。人として生まれた以上、これからも良かれと思うことはどしどし採り入れてゆきたい。

11、二〇一四年七月～二〇一五年十月　入院・リハビリ

ありのまま！

映画「アナと雪の女王」がスクリーンに登場してから爆発的にブームが到来したのが「ありのまま」のフレーズ。歌の影響は大きい。「自然でうそ偽りのない」状態とはストレスが少なくなり幸せへの近道である。私の求めた心とは「自然体」であり、それも「心」に重きを置いて自然の道理にどれだけ近づけるかであった。学問で近づけるものではなく、生活の中であらゆる問題にぶつかって試練を重ねるうちに体得できること。「人が好き」という本能に従って生きた結果、ある人達からは私の手紙は「ラブレター」だという。幸多かれと願う心が強いので、私のありのままが言葉や文章にのり移ってしまうのだろう。私は本能をあらゆる体験で磨き上げ、向上させてゆきたい。

幼き頃から再び!

小学校入学までの記憶がほとんどない。まるで生きていなかったかのように。その反動もあり、この六月から保育園児を中心にボランティアを始めた。「歌うのりさん（じぃちゃん）の紙しばい」として保育園への宅配含めて、月二、三回。

短い時間だが、たぶん私の記憶をとり戻せるかもしれない。子供は「素直な心」の塊だ。いや素直すぎて大人にとっては少なからず苦労するだろう。けどこれが人の心を浄化する。私は夢実現の為に心と肉体を若返らせる必要がある。心を子供達の中に置くことによって、これから羽ばたいてゆくであろう子供達のエネルギーを私の心の中にとり入れたい。そしてこれから率先して背中を見せて生きてゆける人間でありたい。果たして強く太い人生を送れるだろうか。子等を前にして思う。

全国大会（奈良市）と台風来襲！

十月四日（土）朝七時四十分。ＡＮＡで鹿児島出発。台風18号を背に全国大会へ向かった。午後の大会は全員参加に等しい形式で大盛会に終わった。そして夜の懇親会。二百五十余名の参加で皆さん一年ぶりの再会を楽しんでおられたが、こと私に関しては三年ぶりであった。海外を含めて、全国各地から私の知人も増えてきている。この会報のご縁も多く、皆さん読んで下さってる方はファイルにとじて大切に読み直して下さっているとの事。ファンになっている方も多く、私にとっては最高のプレゼントだ。翌日午前中は「ＰＨＰ」についての話し合い。昼を終えて大阪空港（伊丹）へ向かった。十月五日（日）夕方五時三十五分、進路を台風からはずして、飛びたったＡＮＡ機は機長のアナウンスで、鹿児島空港着陸を三度試みてダメなら引き返すとの事。結果は一発着陸。私の人生で初めての体験であった。

晴れて退院！

一月三十一日（土）入院生活九十九日を終えて退院。二月二日（月）行きつけの病院へのあいさつを済ませ、昨日・今日と娑婆《しゃば》の空気を思い切り味わった。でも翌日から仕事に戻り、生活のリズムを取り返そうとした。しかし入院中に体重は四kg減り、体力・筋力共に落ちているので普通でない。ましてや左ひざの関節がスムーズでなく少し曲がった状態なので、足を引きずってゆっくりと足を進めている。農家さんとの商談中も五分を過ぎると足に疲れがきて立っておれなくなる。これは厄介だ。週二回のリハビリを積極的にやり、長期のビジョンで復活を遂げるしかない。でも新しい経験は、将来に対する二度と起こさない戒めであり、この世界の仲間と知識を得たことはうれしい限りである。

整形外科入院をエンジョイ！

私は左ひざ近くを骨折した訳であり、骨がつながって傷がいえれば元に戻れるという明確な理解があった。病院では主治医、看護師&看護助手、理学療法士（リハビリ）、事務課、レントゲン技師、管理栄養士それぞれのスタッフと楽しく関わった。私はその際にはほとんど個人名で呼んでいた。そうすれば顔も性格もその人の個性にふれるので楽しい。いろんな人とふれ合える一里塚。だからこの世界を強く生きてゆける。退院後、外来通院となり、更に院内での知り合いもふえた。病院の総てと関わってゆけると思えば、私の世界はとりとめもなく広がってゆく。勿論入院患者さんとの世界も同様である。たとえ短い間の交友であったとしても得がたい経験である。

心を研ぐ！

いつの頃からか「恥ずかしい」という言葉に敏感になっていた。小さい頃から私は「素直に」人の意見を吸収した。注意されると一回で直した。社会に出て思ったことは、同僚や目下に対しては特に気にすることはなかったが、上司や目上に対しては「言行一致」を目安にしていた。だから納得いかないと上申した。だから気に入られる筈はない。そのうち切り傷、突き傷だらけの心となったが致命傷はなかった。私は自分に対しては克己心で鍛えた。あらゆる場面に遭遇し、血へどを吐く思いもした。そのうち霊界体験で命のやりとりをして、多くの女性が私の命を救ってくれたり、多くの男性を殺し尽くすことで命を長らえた。私は総てに感謝し、恩返しの人生を生き切ろうとしている。

12、二〇一五年十一月～二〇一六年十二月　再び試練の雨（上）

霊感！

「上大田さんは霊感が強いでしょうね」と言われる。でも即座に「ありません」と返す。しかしそれは他人に対することであり、こと自分に関しては相当強そうな気がしている。私の三十才の体験は今考えると、三十年後の人生・自分を見ていたことだった。若い時はある意味不遇な人生ではあったが不幸ではなかった。なぜか？　人に言わせると苦労したねと言われるが、現在どんな角度から考えても過去があったからこそ、今の私がしっかり実存していることに尽きる。そして不確定ながらも、亀の歩みみたいに着実に自分の人生が幸せに向かっていると信じている。「白蛇伝」の主人公のように懸命に生きて思いっきり満足して、天上に向かいいずれ命を天に返すと誓った約束を果たす為に白蛇となろう。

帰郷をふり返る！

平成十四年九月二十日帰郷。この時の決断は何も考えることなく、都会にいても夢もかなわずストレスだらけだった。引っ越す方の叔母夫婦のことは無知の状態。これが今最大のトラブルとして関わっている。帰ってわかったことは二人共字が読めず、書けないこと。

叔母は難聴（これだけはわかっていた）で会話がスムーズでない。連れ合いはあいさつもまともに出来なく、感謝の言葉も満足に言えない。最大の問題は二人の言う事を聞かないとむくれること。

これらは二〜三年一緒に住めばお互いわかり合えると考えたのだが、逆に頑固さは増すばかり。普通の会話が成り立たないのだ。叔母には認知症の気配も見え隠れしており、これから先、難関にぶつかるのは避けられないと覚悟している。

冷えきった結論!

昨年五月叔母の言動が少しおかしくなって、突然サイフをなくしたと「お前が盗った、返せ」と始まった。認知の言動が夜だけ激しくなった十二月、旦那が入院して昼間はタクシーで見舞に行き正常だが、夜になると「Mがおらん。お前が隠しちょっ。出せ出せ」と部屋のドアをガンガンたたき出す。出て行き説明してもわからず、最後は「ここはおい家《げ》えじゃっで出て行け」と。正直こっちがたたき出したいような気持ちにもなる位。叔母のヒステリーは当初からだったのでわかっていたが、最終的に二ヶ月毎晩続いたので、私もノイローゼ寸前。人に相談したが、決断は私のみ。無意識のうちに私を嫌っていることもあるだろうと、そう思った。四月十三日（熊本地震の前日）に現住所に引っ越しとなる。十数年ぶりの天国でした。

父の実家に近くなって！

引っ越し先は父の実家（納骨堂の裏）から距離にして八百m。狙って移ったのではない。たまたま市営住宅の空きがあって運が良かったのだ。ある友人から「かわいそう」と言われた。たぶん七十才近くになって家族もなく家賃暮らしになるから。しかし私は平気だ。元々三十才の時病気で、以来いろんな経験を乗り越えてきて、心は常に漂泊の旅であったから、物理的な意味の苦労など何ともない。これが家族がいればすごく悩んだろう。一人身のすごさである。この会報は毎月金峰図書館の閲覧室で原稿の編集にあたっている。ここも二km

の近さだ。今や顔なじみの図書館司書の方とも世間話に花が咲く。転居は私を幸福の道へいざなっている。

「上大田おろし」発生！

五月二十一日、阿多中三八会古希同窓会が開かれた。四名の幹事（D、T、H、S）の協力で盛大だった。只私にとってとんでもない事が起こった。生徒会長の挨拶が副会長だったM・Hだったのだ。私の隣の女性陣が何で？　上大田さんだったのにと言うのを手で制した。会場だけなら酔って忘れるからと思ったのだが、二週間後、写真集が送られてきて最初の写真で彼は生徒会長となっている。私は自伝を出している。今回のことを認めると自分の人生を否定することになり、嘘つきになってしまう。1つが嘘となると「霊界体験」総ても同様に見られてしまう。これだけは絶対に認められない。だから幹事会に注文つけた。しかし彼らはまともには謝罪しなかった。M・Hは神奈川県川崎市の元市会議員だけに完全な確信犯。すばらしい。

帳尻合わせ！

三月初、家を出ることを叔母夫婦に報告。四月九日、義叔父くも膜下で入院。四月十三日、引っ越し。四月十四日、熊本地震。四月十六日、熊本地震本震。四月十八日、義叔父死す。五月十七日、叔母認知症ひどくなり、信号無視したりするので行政と病院の判断が出て医療措置入院（強制）。六月四日、叔母肺炎で逝去。

私が行動を起こしてから三ヶ月、天が見ていると思った。私が家を出る日、叔母に「何で家を出ろと言った？」と聞いたら、「お前が言うことをきかんでよ」と。

亡き母の戒め！

小学生の頃、母が私達兄弟によく言ってたことがある。「うそを言うな」「年下を大切に」「人にあったら礼儀正しく」この三つが主だったように思う。特に「礼儀正しく、あいさつ」だがすごい広い意味があった。田園地帯に育った私は農道を歩くことが多いのだが、いろんな人と出会う。母の言い草は「貴男は知らない人だろうけど、相手は知ってるかもしれない。だからどんな人でも大きな声であいさつしなさい」と。だから私はあいさつ魔になった。有難いことだ。人の印象は出会いが大切である。総ての人にフランクにふるまえる自分がいる。これも母の心をしっかりと受け止め実践してきたからと思う。しかしこれはあくまで人間関係の入り口。重要なのは「恥と思う心」をしっかりと育てたい。

苦闘の人生の入り口、曇り晴れる!

全国大会（名古屋）が終わって、念願の日本舞踊家の内田流宗家・内田寿子さんとお会いした。九年前にお二人のお嬢さん共々お会いして以来で、ゆっくり話せたのはうれしかった。私が昭和五十二年春病気で名古屋を去る時の証人なので、記憶を探って「帰郷する頃に話がくい違ってバラバラだった」と、それだけで十分だった。その時私の意識はもうろうとしていた。

13、二〇一七年一月〜二〇一八年五月　再び試練の雨（下）

総掛かりの祝福！

十一月二十二、二十三の両日、私は祝福の嵐の中にあった。二〇〇六年十二月二十一日から毎月利用していたホテルウイング都城のスタッフの皆さんからのお祝いだ。私は十一月末で今の会社を退職することになり、自然とホテル利用も必要なくなり丸々十年間お世話になった皆さんに最後の日を伝えた。この二日間は私にとって人生の再スタートをきるにふさわしかった。支配人始め全スタッフの皆さん総掛かりで私への気配りを示して下さった。ホテルをあとにした時、日記帳をもらった。一瞬そう思った。しかし後で車中で広げてみるとスタッフ全員からのメッセージのアルバム帳であった。そこには温かい気持ちが沢山載っていた。うれしかった。昭和六十一年胴上げされた時と同じ気分だった。

退職に関わるいきさつ！

二〇一六年七月十三日、勤務先（熊本のPS社）のH営業部長から私を一方的に悪者にした電話が、納得いかないので上申書を書いたがなしのつぶて。東京本社のT社長にも手紙を書いたが、これも無視。私は会社、社員の皆んなの名義で完全な悪者にされていた。八月中にこんな会社を見限り、十一月末の契約切れの退職を申し出、了承された。事実無根のいいがかりを会社が謝ってくれたら退職もなかったが、それでも円満退職を考え、お客さんへの理由を、「年をとり車の運転がきつくなったので地元・南さつま市で転職としたのです」と。

農家さんへは会社に申し出て、キチンとした挨拶状を出してもらったが営業の引き継ぎはやらせてもらえなかった。真実を話されたくなかったのです。たぶん今思うと、年とったから辞めてもらいたかったのかなと思います。

新しい世界に入って！

福祉の道に入ったのが一月十二日（木）で三ヶ月間の研修スタート。就学児童等の見守りを生活支援員として実施してきた。未経験の私がすごく嬉しかったことがある。小学一年生の男児が「先生って年いくつ？」と聞いてきたので、七十才だよと答えるとさすがに理解できなかったらしいが、次の日又会った時、名札も見ずに「こんにちは、ウエオオタ　ノリオ先生」と呼んでくれた。同じ日十七才の女生徒が「カッコいい名前だね」と素直に表現されて感動したのである。私は結婚も子供もなく、身近では初めての体験。この二ヶ月失敗を繰り返しつつも皆んなと同じ目線に立って、皆んながスムーズに行動できるように見守りを続けている。

外柔内剛！

私の母がそうであった。生きてる時の母は外に優しく、内に厳しい母であったと思っている。勿論私はその血を受け継いでいる。友人が私に昔「ポッーン」と言ったことがある。「お前は外は柔かいが、芯はすごく固いけど、俺は外が頑固で中身は弱い。うらやましい」私の友人評はそうでもなかったが、それから人生を重ねてきて、さすが彼らしいと思った。昔の私は意外と短気で、正義感が強く、他者の為に代言するくせが強く風当たりが強かった。けど今は世間の苦労を味わって、自分の性格にあらゆる人々の長所をとり入れることによって、合成人間となった。

よいとこ取り、そういう自分ができたことがすごくうれしい。

感謝の気持ち！

特に大切なことである。巷に満ちあふれている言葉の海でよく耳にしよう。感謝の気持ちは勿論必要だが、人の都合のいいように伝わっている節がある。私の場合優先順位がはっきりしている。何と言っても第一は父と母。この身がなければ私の存在である、感じる、行動する、夢をみることができない。存在意義は誰も否定できないであろう。次には総てを包み込む大自然の恵みに感謝。太陽、空気、水……。次にやっと私達が活かされている共同社会の中での、出会いにより生まれる感謝である。人間一人では生きられない、助けたり、助けられたり、互いが協調し合ってこそ絆が生まれてくる。友情、結婚など信頼しなくては生活できない。人の最高感謝は感謝の気持ちを表せることにあろう。

笑顔！

私は美男子ではない。背高ノッポの格好良さもない。その代わり、七十年つき合った「笑顔」があると思っている。朝起きてまず顔を洗い、歯を磨いて、今は少ない頭髪をまとめ、最後に鏡とニラメッコする。そしてほほの筋肉やあらゆる所のマッサージを（心で）する。勿論終日！　テレビを見てたらお笑いやドラマ、ニュース番組と至る所に笑顔の因が転がっている。仕事では未就学児童の無邪気さに笑顔が生まれ、就学児童と心の交流をして笑顔を鍛える。それから出会う総ての人に笑顔で接する。これが私の総て。こうなった原因は母、幼き頃、母の口ぐせは「あいさつ」であったが、そう笑顔も間違いなくあった。私は母の人生を生き続けている。

悪意の連鎖（上）！

二〇一七年一月、社会福祉法人M学園D理事長の「私も貴男も嘘をつかない、つけない人間、私の補佐になって」その言葉の真偽の為に二回、三時間お会いして決断、三ヶ月の現場研修に入った。しかし見事に裏切られた。春先にはとんでもない事が起こった。女性のT・K看護師（四十才位）が、友の会に出てくれる事になり、三日前の木曜日に確認した所「私は寝坊だから三時頃でいいですか?」勿論私はOKした。しかし当日連絡なしの欠席。五時にショートメールが一方的に具合が悪かったと。私もメールで厳しく、「いい大人が連絡もなかった」と叱った。月曜日職場に行くと理事長から呼び出され、就業規則違反の懲戒解雇にあたると。聞くと一方的にT・Kより話があったと悪者にされた。ろくに聞くこともなく、両方のつき合わせをせずに私は厳重注意となった。ここから悪意の連鎖が始まる。

悪意の連鎖（中）！

私は職場改革もあり上申書を上げ続けた。何一つとりあげられてない。六月だったか通所者のSちゃんの見守りをまかされ、元気なさそうだったので「大丈夫？」と肩をポンとたたいた。その時は何も問題なかった。その後十日余り又理事長から呼び出しがあり、しかもT・Kがついていて、話は私がセクハラをしたと、私は反論したが決めつけられたも同然。こうなってはもう私でも理事長を信じられない。私は「嘘つきだ」と提言した。じきに子供達の夏休みに入り、私は放課後等デイ支援の為、職場を離れていた。四十日の夏休みが終わって元の職場に戻った九月四日（月）の朝一、H支援員からもろに「あんたはセクハラをした。許せないことだ。今後したら警察に言うぞ」私は「どうぞ」と無視した。彼の性格をよく知ってたから。それだけではない元の職場の

M責任者が私を無視。朝アイサツしても一日避けるようになった。更にSが車イスを遠ざけるようになった。障害者が総て純粋とは限らない。あるいはT・KがSを洗脳したか？　彼等から近づくなと言われた。ここで皆さんに申し上げたい。私の生き方は人を相手にしてなく、天を相手にして恥ずかしくない生き方をしている自信があるのでのりこえられるのである。言えることはT・Kが裏で根回しして七月末で退職、逃げたことに尽きる。ことの元凶はT・Kその人。

そして現在まで変わらなかったのはD理事長、M、Sの私に対する無視。私は会社に忠告、警告した。社員教育の立場からあってはならぬことだと。しかし対応がなかったから、この会報で公表。霊界のえんま大王との闘いである。これでも駄目なら来年発売の「白蛇伝」に書くことになろう。悪行を止め、福徳を積まねば私の体験で絶対に地獄に落ちる運命にある関係者である。常に私は一人で闘える勇気は持っている。

悪意の連鎖（下）！

Ｔ・Ｋ殿（二〇一八年二月二十一日発送）

まさか手紙を書こうとは思いもよらなかったですね。いろんな事をしてくれましたね。でも相手が悪すぎた。ＰＨＰ会報の二、三月号入れました。たぶん君にはこたえないだろうけど、書ける内容で僕なりに告発しました。これは県警本部、南さつま警察署、南さつま市長他部署等数年前から愛読者が沢山。しかも全国にもね。

君のしたことは最終的には理事長、Ｍ、Ｓを不幸にするかもしれません。君を含めて、今までの行いを真面目に反省し、福徳を積まねば必ず地獄行きです。僕は今さら君に対して何もありません。又悪行を積むんだったら、僕を怒らすんだったら覚悟して下さい。もう少しまともに生きなさい。草々

第4章　「幸福編」エンディングノート

今日は二〇一八年四月三十日、私の満七十一才の誕生日。この本の最終稿としたい。一年後の今日は平成時代の天皇明仁陛下のご退位日で、私の満七十二才の誕生日となる。翌五月一日に新天皇のご即位と新元号発足。少なくとも私の記念日となる大事な日で、百十一才（皇寿）人生を生き抜く為のターニングポイント。

一九四七年　四月三十日　生まれる　（〇才）
一九七七年　三月二十五日　霊界体験　（二十九才）
二〇〇七年　三月十四日　運命の人出現　（五十九才）
二〇一九年　四月三十日　大転換の日　（七十二才）

余生を考える時、まだまだ試練の多い年月となるであろうと推測できる。それを私の心が希望しているのだ。生涯第一線で輝き続け、この身体の続く限りあらゆる試練を乗り越えてゆこう。

（完）

あとがき

新刊・磯田道史著『素顔の西郷隆盛』を読みました。司馬遼太郎さんの『翔ぶが如く』のような大作ではないが、短いながらも史料に基づきよくまとめられています。西郷さんの本はいろいろ世に出てますので、昔から読んでたものですが、私の見たところ著者の性格が投影されていて何回も読もうという気持ちには至りませんでした。しかし今回の新潮新書は四回も読み通しました。大作を読み切るのは難しいですが、新書、文庫本クラスだと手が出てしまいます。なぜ繰り返し読んだのか?と言いますと、「私の性格」を書いてくれているのです。時代や事件は違いますが西郷さんの人生と私の人生の底に流れているもの、いわゆる性格・資質は全く同じなのです。私は七十一才の今日まで本当の西郷像を教えてくれる人、時代を待っていたのですが、今年になってNH

K大河ドラマの原作者「林真理子」さんが女性の目線で書いてくれれば西郷像により近づくと思ったのです。いわゆる「とてつもないやさしさと一途さ」です。ですから今年のドラマは少なくとも脚色オーバー気味をさしひいても、真実に近づいていると思います。そして私が今日ペンをとっているのは磯田道史さんの著作もそこら辺を掘り下げているからです。歴史の事実をなぞった本がほとんど総てでしたが、性格にまでふみ込んだのは少ないです。それも的はずれでなくですね。私は彼に「鹿児島に来て私に会って欲しい」と手紙を書きました。少なくとも司馬遼太郎さんが「同時代に生きて会ってみたかった唯一人の人」の答えがここにあります。私はそれを託せる人は磯田道史さんその人だと信じたからです。私が生きてきた歴史の集大成がここにあります。今ライフワークとして取り組んでいる松下幸之助さんの「ＰＨＰ・素直な心」に出会ったことが私の真実の道と気づいたのです。私の人生には過大・過少なく正確に人と向き合う素っ裸の自分がいます。この本に出会えて良かった。私の心は躍っています。ありがとう！

（二〇一八年五月十九日　記）

著者プロフィール

上大田 憲男（うえおおた のりお）

1947年生まれ、鹿児島県出身。

熊本大学を卒業後、民間企業を経て、主に営業畑を歩くうち、統合失調症発症。その後、臨死体験をする。

小さい頃の「白蛇の導き」だと思われる体験を経て、現在の信念・行動に辿り着く。58年間のあらゆる体験が全ての人に通じるとの確信を得て、ダイナミックに、エネルギッシュに、日本や世界をターゲットに生き始めた。

2006年、『白蛇に導かれて』文芸社より刊行。

白蛇伝《はくじゃでん》

2019年5月1日　初版第1刷発行
2022年7月15日　初版第3刷発行

著　者　上大田 憲男
発行者　瓜谷 綱延
発行所　株式会社文芸社
〒160-0022　東京都新宿区新宿1－10－1
電話　03-5369-3060（代表）
03-5369-2299（販売）

印　刷　株式会社文芸社
製本所　株式会社MOTOMURA

ISBN978-4-286-19983-2